出世払い

おやこ相談屋雑記帳

野口　卓

集英社文庫

目次

出世払い

おやこ相談屋雑記帳

主な登場人物

信吾　黒船町で将棋会所「駒形」と「おやこ相談屋」を営む
波乃　楽器商「春秋堂」の次女　信吾の妻
甚兵衛　向島の商家・豊島屋のご隠居　「駒形」の家主
常吉　「駒形」の小僧
ハツ　「駒形」の客で天才的将棋少女
権六　「マムシ」の異名を持つ岡っ引
天眼　町奉行所同心崩れの瓦版書き
正右衛門　信吾の父　浅草東仲町の老舗料理屋「宮戸屋」主人
繁　信吾の母
正吾　信吾の弟
咲江　信吾の祖母

猫は招く

一

「珍しいこともあるものだが、雁首《がんくび》を並べてやって来たところを見ると、ろくでもないことを企《たくら》んでるな」

手習所が休みの日に子供客が何人かずつ連れ立ってやって来るのは、仲が良いとか家が近いので自然とそうなるのだろう。ところがその朝は大人のだれよりも、いつも一番乗りをする甚兵衛《じんべえ》より、なぜか子供たちのほうが早かった。しかも十人以上が揃《そろ》ってやって来たので、信吾《しんご》はからかわずにいられなかったのだ。

「そう言えばまえにも一度、こんなことがあったのを思い出したぞ。湯銭は大人が十文で子供が六文なのに、席料が大人も子供もおなじ二十文はおかしいと半分の十文に値切られたからな。今日は一体なにを企んでるんだ」

いつもとはちがって乱暴な信吾の口調に、留吉《とめきち》もなにかを感じたようである。出方を探るような言い方になったのは、そのためにちがいない。

「朝の挨拶も抜きに、顔を見るなりそれはないと思うよ、席亭さん。なにごとも悪いほうに取るのはよくないね。みんながここを目指してんだから、たまたまいっしょになることだってあるよ」

「留吉もときにはまともなことを言うんだな。なるほどこれはわたしが悪かった。では改めて、おはよう」

「おはようございまーす」

成り行きを見守っていた子供たちから、安心したような挨拶が返ってきた。

「今朝みたいに、いつも全員が揃って来るといいんだが」

「なぜですか」

そう訊《き》いたのは留吉の妹の紋《もん》であった。

「挨拶が一度ですむから、こっちは楽だ」

「なーんだ」

「それより、ろくでもないことを企んでるって、どういうことなのさ」

口を尖《とが》らせたのは留吉であったが、となると信吾の勘は的中したらしい。

「わたしはみんなの倍は生きてきたからね。それくらい、顔を見ただけでわかる」

格子戸を開けて子供たちが土間に入って来たとき、信吾は留吉の表情と動きが不自然なのに気付いた。両手を隠すように、背後に廻《まわ》していたのである。

「留吉、なにを企んでるのだ」

「かなわないなあ。せっかく張り切って、今日も頑張ろうと思ってやって来たのに、いちゃもんを付けて出鼻をへし折るんだから」

すかさず信吾がからかう。

「へし折れるほど高い鼻をしてたっけ、留吉さんは」

ヒャッヒャッヒャと妙な笑い声を出したのは彦一《ひこいち》で、留吉に追い討ちを掛けた。

「留吉はときどき言ってることがおかしくなる。出鼻は挫《くじ》くもんで、へし折るもんじゃなかったと思うけどね」

「うるさい。おいらは席亭さんと話してるんだぞ」

「留吉。なにも企んでないと言うなら、両手をまえに出して、握った拳を開けてみろ」

信吾にとって意外だったのは、全員が驚き顔で信吾と留吉を交互に見たことだった。なにをとまではわからないが、やはり子供たちは示しあわせていたようだ。留吉の顔が強張《こわば》ったのは、なぜ信吾に気付かれたのかがわからなかったからにちがいない。

顔を真っ赤にした留吉はそっと右手を突き出して開き、開くと同時に握り締めた。だが信吾は見逃さない。一寸（約三センチメートル）ほどの陶製の招き猫だった。なるほど、それで子供たちは揃ってやって来たのか。

「そっちも」

信吾がじっと見たままなので観念したらしく、留吉は左手を出すと、これまた開いたと思う間もなく握り直した。やはり招き猫だ。

「そういうことか。招き猫に右足を挙げたのと左足を挙げたのがいるのに気付いて、得意になって見せに来たんだな」

「えッ、ちらっと見ただけでわかったの。挙げてる足が左と右なのが」

毎朝、鎖双棍《くさりそうこん》のブン廻しをやって、一瞬で鎖の繋《つな》ぎ目を見る鍛錬をしている信吾にわからぬはずがない。

「そっちが右足で、こっちが左足だ」

言われた留吉が拳を開くと、信吾の指摘どおり陶製の招き猫は、それぞれ右足と左足を挙げていた。子供たちはだれも、信じられぬという顔をしている。留吉は開くと同時に握り直したのに信吾が見抜いたのだから、神業《かみわざ》としか思えなかったのだろう。

「なぜ右足と左足を挙げたのがいるのかわからないので、みんなに訊いたがだれも知らない。席亭は偉そうな顔をしているがどうせ知ってる訳がないだろうから、答えられなかったら笑ってやろう。そう思ったので、みんなで揃ってやって来た。どうだ、ちがうか」

ヒャッヒャッヒャと、またしても彦一が変な笑い声を出した。

「てことは知ってるってことだぜ。だから、おいらが言ったじゃないか。席亭さんは肝腎なことは知らなくても、変なことは知っているから油断がならないって」

弾《はじ》けるような笑いが起きたので、驚いたのは子供たちであった。話に夢中のあまり、遅れてやって来た大人の客たちに気付いていなかったのである。大人が何人か、あちこちに坐《すわ》って信吾と子供たちの遣《や》り取《と》りを聞いていた。彦一の皮肉に、たまらず噴き出したのであった。

「あれ、みなさん、いつの間に」

正太《しょうた》の問いにさらに笑いがおおきくなった。

「それだけ一つのことに集中してたってことですからね」と、信吾に言ったのは桝屋《ますや》の隠居良作《りょうさく》である。「強くなりますよ、きっと。この子たちは」

「もっとも集中するのはいいが、周りが見えないのはよくないな。指していて見落とすことがあるので、直さなければね」

太郎次郎《たろうじろう》が言ったが、それを無視して留吉が訊いた。

「席亭さんは知ってるのかい、招き猫の右足と左足のちがいを」

信吾が両手を高々と差し挙げて見せると、留吉がうれしそうに言った。

「お手挙げバンザイですか。降参ですね」

「まいりましたと言えば留吉は喜ぶだろうが、この席亭は只者《ただもの》ではない」と、信吾は片目を瞑《つぶ》って見せた。「肝腎なことは知らなくても、変なことは知ってるからな。右足を挙げた招き猫は金を招き、左足は人を招く。商人《あきんど》にとっての人とは、お客さんってことだ。だから飯屋でも蕎麦屋《そばや》でも、寄席や講釈場なんかもそうだが、お客さんがたくさん来るようにと左足を挙げた招き猫を置いてある。今度、気を付けてよく見ておくといい」

「席亭さん、さあ」と言ったのは、正太の弟の直太《なおた》である。「商売人にとっての人はお客さんだと言ったけど、お客さんがお金を持って来るんだから、だったら人はつまり金とおなじことになるんじゃないの」

わずかな期間でめきめき腕をあげ、兄の正太を負かしただけに、直太はなかなか頭も良いようだ。

「てことになるかな」

どことなく変だと思いはしたものの、直太の言うとおりだという気もした。信吾が認めたので直太は続けた。

「だったら左足は人、右足は金なんて分けることないじゃない。どっちの足を挙げていても、招き猫は金を持って来る人を招いてるんだから、右だ左だと区別することはないと思うけどな」

ギャフン、してやられた。

二

直太の言い分に舌を捲《ま》いた信吾に、紋が控え目に訊いた。

「招き猫と言うからには、だれかを招いた猫がいたんでしょう、いつか、どっかに」

「そういうことだろうけど、なにが言いたいんだい、紋ちゃんは」

「最初に招いたのは、どこの、なんて名前の猫だったの」

紋は無邪気に訊いたのだろうが、信吾は答えられなかった。招き猫という言葉があるくらいだから、その大本《おおもと》になった猫がいたことはまちがいない。当然名前もあったはずだ。

いつの間にか常連客はほぼ揃っていたが、対局している者はいなかった。まえの日に相手を決めてから帰ることもあるが、多くの客は朝やって来てから決めていた。顔触れを見て、その日の調子や気分で決めることが多いようだ。ところがだれもが信吾と子供たちの、招き猫の話に気を取られていた。

「最初の猫の名は知りませんが、名前がわかっている招き猫となると、豪徳寺《ごうとくじ》のタマがよく知られていますね」

信吾に助け舟を出すように甚兵衛がそう言うと、何人もがうなずいた。「そうそう、豪徳寺」とか「名前はタマでしたっけ」などとざわつきだしたので、甚兵衛が説明を始めた。子供たちにわかるようにやさしく言い直してはいたが、次のような内容である。

寛永年間《かんえい》（一六二四〜四四）のことであった。ある日、彦根《ひこね》藩二代藩主の井伊直孝《いいなおたか》が鷹狩《たかがり》の帰りに、家来数名と騎馬で弘徳院《こうとくいん》というちいさな寺のまえを通り掛かった。すると秀道《しゅうどう》和尚が飼っていたタマが、前足を挙げてしきりに一行を招いたのである。直孝たちが寺に入って休息するや、一天にわかに掻《か》き曇り、轟音《ごうおん》とともに篠突《しのつ》く雷雨となった。

雨宿りさせてもらった上、秀道の法話にも魅了された直孝は多額の寄進をし、井伊家の江戸の菩提寺《ぼだいじ》と定めた。死後、寺は直孝の法号から豪徳寺と名を改めている。

「豪徳寺が繁盛したのは猫のお蔭《かげ》だと言うので、木で招き猫の像を彫ってもらったそうですよ」

甚兵衛がそう言うと、「変ねえ」「変だよ」と同時に二つの声がした。

「おや、どこが変ですかな」

声の主が子供客の中でも一番幼い紋と直太だったので、甚兵衛の声は気のせいかうれしそうであった。二人は顔を見あっていたが、直太が先に話すことが決まったようである。

「その人は馬に乗れるくらいだから、偉いお侍さんでしょう」

「彦根はたしか三十万か三十五万石だったと思いますが、大大名のお殿さまですからね」

「そんなお殿さまが、子供にもわかるくらいの勘ちがいをしてるんだもん」

紋がそう言うと直太はおおきくうなずいた。甚兵衛の顔から笑いが消えたのは、子供二人に遣りこめられたからではないようだ。なぜ勘ちがいと言ったか、その理由を知りたくなったらしい。

「お殿さまが勘ちがいですか。直太にも紋ちゃんにもわかっているような勘ちがいとなると、わかりますか、みなさん」

甚兵衛は大人の客たちに訊いたが、だれもが困惑顔で首を振った。信吾も思わず首を傾《かし》げた。

直太と紋はまたしても目顔で語りあったが、答えたのは紋である。

「タマって猫に招かれて、お殿さまたちはお寺で休んだんでしょう」

「そうですが、それがなにか」

「すると雷が落ちて大雨になった」と、直太は大人たちを見た。「わかりそうなもんだけどなあ」

「子供にだってわかるのに」

紋は大人を馬鹿にしているのではなくて、なぜわからないのだろうとふしぎでならないらしい。

「二人だけでわかってないで、教えてもらえませんかね」

甚兵衛がそう頼んだので、信吾は噴き出してしまった。

「席亭さん、その笑い方は人を傷付けます。わたしは人生で、これほど傷付いたことはありません。席亭さんに七連敗したときも傷付きましたが、あのとき以上です」

甚兵衛が本気で怒っているのではなく、その場にいる人たちを笑わせようとしているのがわかったからだろう、だれもが声をあげて笑った。

もういいだろう、その辺で教えてあげなさいとの信吾の気持が通じたらしく、紋が甚兵衛と大人たちに言った。

「タマに招かれたと思って寺に入ったら、雷さんが落ちたんでしょう。タマは雨になりそうなのを耳の毛で感じたから、前足で耳を掻いたと思うな。猫は雨が降るまえになると、前足で耳の辺りを擦《こす》るから。きっと、くすぐったくなるのね。それを殿さまったら、自分が招かれたと勘ちがいしちゃって」

信吾は紋が細かなことまでよく見ていることに驚かされた。桝屋良作ではないが、これなら将棋も強くなるはずだ。

直太が、そうだそうだと言いたげにうなずいた。

「仕方がないよ。大人はいつだって、物事を自分の都合のいいように取ろうとするんだから」

　思い当たるところがあったからだろう、客たちは顔を見あわせて照れくさそうに笑った。

「みなさん、してやられましたね」と言ったのは、物識《ものし》りを自任している島造《しまぞう》である。

「おそらく、のちの世の人が作ったそれらしい逸話でしょう。というのはおなじ豪徳寺の招き猫で、こういう話が伝わっているのを聞いたことがありますから」

　直孝一行が弘徳院の木の下で雨宿りをしていると、一匹の三毛猫が手招きをした。直孝がその猫に近付いたところ、先ほど雨宿りしていた木に落雷があった。

「猫に呼ばれなければ雷に打たれて死んでいたかもしれないのですから、直孝は寺に多大な寄進をしたそうです」

「さすが島造さんはよくご存じですな」

「そう言われるとこそばゆいですが、こんな話も残されていましてね」

　そう前置きをして、島造は待ってましたとばかり蘊蓄《うんちく》を披露した。

　神君、大権現と称された家康公《いえやすこう》が城を成すまえに、千代田《ちよだ》に城を築いたのは太田道灌《おおたどうかん》であった。文明九（一四七七）年、江古田沼袋原《えごたぬまぶくろはら》の戦いで苦戦し、道に迷い困っていた太田道灌のまえに一匹の黒猫が現れた。そして落合《おちあい》にあった真言宗豊山派《しんごんしゆうぶざんは》の自性院《じしょういん》に招き入れて、危機を救ったとする伝承がある。道灌はこの猫の死後に地蔵像を作って奉納したと言われ、これが「猫地蔵」と呼ばれているとのことだ。

「となると、彦根の殿さまの猫も道灌公の猫も、ただの招き猫ってことですね」

そう言ったのは、そそっかしいところのある楽隠居の三五郎《さんごろう》である。すると島造が逆に訊いた。

「ただの招き猫とおっしゃると」

「いや、人を招くとか金を呼ぶとかいうのではないから、ただの招き猫」

「だったら明らかに、人を招いたことになるじゃないですか。それとも三五郎さんは、彦根のお殿さまと道灌公は人じゃないとおっしゃるのですか」

なんとも厭味《いやみ》な言い方だが、物識りを自任している島造は知識をひけらかす癖《へき》が強く、やたらと皮肉るので客たちに敬遠されるようになっていた。

「そんな、揚げ足を取るような言い方はしないでくださいよ。なにしろお大名絡みの猫ですからね、金を呼ぶようじゃ下世話すぎて品格に欠けるでしょう」

「金を呼んでいますよ、三五郎さん」と言ったのは、小間物屋の隠居平吉《へいきち》である。「彦根のお殿さまが多額の寄進をしたってことは、タマが金を呼んだことになるじゃないですか。道灌公は猫地蔵を奉納したそうですが、それだってけっこう金が掛かります。それよりも問題はそのあとですよ。猫地蔵にお参りすれば、だれだってお賽銭《さいせん》を投げ入れます。お賽銭はわずかな額でも、塵《ちり》も積もれば山となると言いますから。ね、猫が金を呼んでるじゃありませんか」

「なんだか話がみみっちくなって、有難味が薄れましたね」

桝屋良作が笑って話を切り替えようとしたのは、子供たちのいるところであまり金、金とせせこましい話を続けたくなかったからかもしれない。

三

「物識りの島造さん」と、まじめな顔で紋が言った。「豪徳寺のタマのような有名な猫は、ほかにもいるんでしょう」

博識を鼻に掛けるところがある島造は、紋の問いに気を良くしたようだ。

「いますよ、飛びっきり有名なのが。三浦屋《みうらや》の花魁薄雲太夫《おいらんうすぐもだゆう》の可愛《かわい》がっていた三毛猫ですが、名前は玉です。豪徳寺のは片仮名ですが、こちらはなぜか漢字でね。この玉はすごいよ、身代わりになって花魁の命を救ったんだから」

子供のいるところで花魁の話はちょっとまずいんじゃないですかと、甚兵衛が抗議の目を向けたが、心配には及びませんとでも言いたげに島造は肩をすくめた。

「商売繁盛の招き猫の元祖は、薄雲太夫の三毛猫だと言われているくらいです」

元禄《げんろく》年間（一六八八〜一七〇四）のことだから、新吉原《しんよしわら》に移ってからの話である。三浦屋の薄雲太夫は類を見ないほどの猫好きで、愛猫《あいびょう》玉を片時も離さず、客よりも大事にした。客商売の花魁がそんなことでは人気にも関わるので、三浦屋の主人は苦々しく思っていたのだろう。手水《ちょうず》に行く薄雲の着物の裾に纏《まと》わり付くのを理由に、刀で玉の首を斬ってしまった。

ちいさな悲鳴をあげて、紋は思わず手で口を塞いだ。

「怖がらなくてもいいよ、紋ちゃん。このあとがすごいんだ。斬られた玉の首が飛んで行って、どうしたと思う」

言われてもわかる訳がない。紋はちいさく首を横に振った。

「厠《かわや》に潜んで薄雲の命をねらっていた大蛇、おおきな蛇だな。その咽喉《のどか》に嚙み付いて、息の根を止めてしまったんだ。可愛がってくれたのを忘れずに恩返しをしたんだから、畜生とはいえあっぱれじゃないか」

紋は声も出せずに、今度は首を縦に振ったのである。

「命を救ってくれた忠実な猫なので、薄雲は西方寺《さいほうじ》に猫塚を建てたそうだよ」

猫を亡くした薄雲が悲しむのを哀れに思った博学な客が、長崎から取り寄せた伽羅《きゃら》の名木で、左足を挙げた猫を彫らせて薄雲に贈った。唐土《もろこし》の雑録に「狐《きつね》が顔を洗うに、左手耳を過ぐれば、客至ると俗に言えり」とあるとのことで、その狐を猫に変えて薄雲を慰めたのである。

「するともとは招き猫ではなくて、招き狐だったんですか。いつの間にか、すり替えられてしまったんですね」

三五郎がそう言うと平吉がうなずいた。

「唐土では猫でなくて狐だったとすれば、猫よりも狸《たぬき》にすればよかったのに」

「そういえば大福帳をぶらさげた狸が立ってる見世は、あちこちでよく見掛けます。あれも人を呼ぶのだから招き狸」

「三五郎さんがおっしゃると、間抜け狸って聞こえますよ。それに、狸がぶらさげているのは大福帳だけじゃなくて」

「平吉さん。話が逸《そ》れすぎていませんか」

甚兵衛に子供客のまえなのにと注意されて、平吉はぺろりと舌を出した。

「いけない。狸じゃなくて、招き猫の話でしたっけ。薄雲太夫が亡くしたのは猫の玉だから、ここは狸では駄目です。やはり猫でなくっちゃね」

島造は苦笑したものの、紋に続きを話し始めた。

「喜んだ薄雲は生きた猫なみに大切にしたので、これが江戸中の評判になってね。薄雲を名指しする人が押し掛けたので、左足を挙げた猫は人を呼ぶと言われるようになったってことです」

島造の言った人とは遊客のことだが、そこまで紋にわかったかどうか。それでも自分が身代わりになって、可愛がってくれた花魁の命を救ったということで、玉の名は紋の心に深く刻まれたにちがいない。

信吾はちらりと甚兵衛と目を見交わしたが、「この辺までならよしとしなければ」と目が笑っていた。

「薄雲って人の三毛猫が人を呼ぶ始まりってことはわかったけれど、金を呼ぶ猫のことも知ってるんでしょう」

そう訊いたのは直太であった。

「あるけど、どうやら作り話らしい」と、島造は続けた。「花川戸《はなかわど》に住んでいた婆《ばあ》さんが、貧しさのあまり飼っていた猫を手放すしかなかったそうでね。すると夢枕にその猫が現れて、自分の姿を人形にしたら福を授かると告げた。婆さんが右足を挙げた猫の姿を今戸焼《いまどやき》にして、浅草《あさくさ》神社、つまり三社《さんじゃ》さまの鳥居横で売ると、たちまち評判になったとのことだ。だけどこれは、薄雲太夫の猫が左足を挙げたら人が来たというので、右足を挙げれば金を呼ぶと、あとから作った話だろうね」

「でも本当かもしれないでしょう」

「さあ、どうかな。だったら婆さんの名前か猫の名前、あるいは虎猫か黒猫か白猫、三毛猫とか、なにか一つくらいはわかるはずだよ。ところがなにもわからない。だから左足を挙げれば客運に対して、右足を挙げれば金運にしたんだと思うな」

なにからなにまで、「だと思う」とか「はずだ」あるいは「らしい」と曖昧なのに、島造が言うと正しいように思えるのが奇妙だ。

そのとき、おおきくてゆったりしたのと、ちいさくて小刻みな下駄《げた》の音がした。と思う間もなく格子戸が開けられた。

「信吾先生おはようございます。みなさんおはようございます。常吉《つねきち》さんおはよう」

声とともに姿を見せたのは本所表町《ほんじよおもてちよう》から通っている、女チビ名人のハツであった。にこにこ顔の祖父の平兵衛《へいべえ》がいっしょである。客や子供たちが挨拶を返すなりハツが言った。

「あれ、なにか変。いつもとちがう。おもしろい話が弾んでたでしょ」

さすがにハツは敏感であった。ところがそれ以上言うことなく、にっこり笑って紋を見た。大の男を負かしたハツを崇拝して、紋は「駒形《こまがた》」に通うようになった。そのハツに笑い掛けられただけで、紋は金縛りにあったも同然である。ハツがおだやかに訊いた。

「なにか楽しい話をしてたんでしょう、紋ちゃん」

息を呑《の》み、一つおおきな呼吸をしてから紋は言った。

「ハツさんは招き猫を知ってますか」

「仲良くしてる猫はいないけど、招き猫がなにかぐらいなら知ってるわよ」

「招き猫には、左足を挙げたのと右足を挙げたのがいるんですってね」

「左足を挙げた招き猫は人を、右足はお金を呼ぶと言われてるわ」

簡単に答えたので紋は目を丸くした。兄の留吉だけでなく、子供たちはだれも知らなかった。ところがハツは知っていたので、紋のハツを慕う気持はこれまでにも増して強まったようだ。

「今、その話で盛りあがって」

「そう。だったら、お昼休みに聞かせてちょうだい。それより、常吉さんと直太さんの対局を見るのが先でしょ。みんなそのために、ここに通っているんだから」

手習所が休みの日、朝は「駒形」の小僧常吉が直太と、昼すぎにはハツが紋と対局することになっている。

それを観戦した子供たちは、勝負のあとで検討に入るのだ。自分ならこう指すとか、あそこは飛車を捨て駒にすべきだった、常吉の誘いの手に直太が乗らなかったのはえらい、などと意見を交わす。他人がどう考えるかとか、そんな手があったのかなどと考え方が柔軟になるし、問題点を絞りこめるなど、効果は信吾の考えていた以上におおきかった。

ハツのひと言で場の雰囲気は一変したのだ。

四

次の日の朝は、客からの対局申し入れがなかった。時間的にも中途半端だったので信吾は担ぎの貸本屋啓文《けいぶん》さんが薦めてくれた戯作本《げさくぼん》を、空いている席で読んでいた。

大黒柱の鈴に来客ありの合図があったのは、金龍山浅草寺弁天山《きんりゅうざんせんそうじべんてんやま》の時の鐘が、四ツ（十時）を告げてほどなくであった。生垣の柴折戸《しおりど》を押して母屋側の庭に入ったが、風があるので表座敷の障子は閉められている。

八畳間の障子を開けると波乃《なみの》とハツがいた。

ハツは次に対局する人の勝負が終わっていないので、それまでのあいだ母屋の波乃と話そうと思ったのかもしれない。ときには、波乃が弾じる琴を聴かせてもらうこともあるようだ。

本を読んでいた信吾は、ハツが姿を消したことに気付かなかったのである。

「招き猫ならぬ、夢の猫の話なんですって。だから、信吾さんといっしょに聞かせてもらうことにしました」

波乃が信吾を呼んだ理由がそれなら、ハツが母屋を訪れたのは、単なる時間繋ぎではなかったということだ。

「夢の猫というより、将棋会所に関することですから」

だからハツは波乃に、母屋に信吾を呼んでもらったらしい。

「将棋会所となると、『駒形』のことだけど」

「あたしが祖父《じい》ちゃんに連れられて、初めて『駒形』に来たときのことを、信吾先生は憶《おぼ》えておられますか」

信吾が波乃といっしょになるまえのことだが、忘れる訳がない。将棋を憶えたばかりの十歳の女の子が、一年もしないうちに教えた平兵衛がかなわないほど強くなったと聞いたからだ。じいは下手すぎてつまらないと言われ、浅草黒船町《くろふねちょう》に将棋会所ができたと聞いたので連れて来たと、平兵衛は言った。

「黒船町に将棋会所ができたって、あれ、祖父ちゃんにあたしが教えたの」

「なんだって。……どういうことだい」

「新しくできたばかりだけど、席亭さんは若いが強いし、教え方が上手だと評判になってるって」

「すると、ハツさんはだれかに教えてもらったのか」

信吾の言葉が終わらぬうちに、波乃にはわかったようだ。

「それで夢の猫なのね」とハツに、続いて信吾に波乃は言った。「招き猫ではなくて夢の猫の話だと言われて、訳がわからなかったけれど、ハツさんは猫の夢を見たのでしょう」

「はい。でも正しくは猫の夢を見たのではなくて、夢の中で猫に教えられたんです」

「あら、どういうことでしょう。猫の言葉がわかるはずが……、そうか、夢だと猫と話せてもふしぎはないわね」

「きっと笑いますよ」

「笑わないわよ」

「笑ったりなんか、しないって」

ハツが思わず微笑《ほほえ》んだのは、口をあわせたように言った波乃と信吾の言い方が、よほどおかしかったのだろう。

「あたしたちが笑うと言っておきながら、ハツさんが笑うなんて」

「ごめんなさい」

「で、夢の猫はなんて言ったの」

「そんなに口惜《くや》しい思いをしているのなら、爺《じい》さんに、あ、爺さんてのはあたしの祖父ちゃんのことですけど、こう言えばいいって教えてくれたの」

祖父の平兵衛だけでなく、近所の将棋指し連中もハツの相手にならなくなっていた。強くなりたいなら自分より強い相手と指さなければ駄目だと言われたハツは、もっと強い人と対局したいと、平兵衛に繰り返し訴えたらしい。その思いがあまりにも強いので、夢に猫が出て来て教えてくれたにちがいない。ハツはそう受け止めたようだ。

しかしそんなことを話しても、だれも信じてくれないだろう。あまりにもその願いが強いので、夢で見たと思いこんでいるのだと言われるのが関の山である。

「だからあたし、こう言ったの。ねえ、祖父ちゃん、噂《うわさ》に聞いたのだけどね」

ハツは猫に教えてもらったことを、小耳に挟んだ噂ということにして、そっくり平兵衛に話したそうだ。

「浅草黒船町に新しくできた将棋会所が評判になっているのを、祖父ちゃん知っていますかって、かい」

信吾がそう言うと、ハツはうれしそうにうなずいた。

「そうそう」

「席亭さんは若いが強いし、教え方が上手だと評判になってるって」

「そうなんです」

「その上、なかなか男前で、なんてことを猫は言わないわな」

「そしたら祖父ちゃんが、だったらそこへ行ってみるかって」

「ハツさんが言ったことを、つまり猫が夢で教えてくれたことを、平兵衛さんはすなおに信じたんだ」

「あとでわかったんだけど、信じてくれてなかったの。祖父ちゃんはあたしには知らん顔で、見世の若い奉公人に小遣いを渡して、信吾先生や将棋会所のことを調べさせたみたい」

ハツの言う見世とは、平兵衛が隠居して息子、つまりハツの父親に譲った商家のことである。

「調べてもらったところ、ハツさんが言っていたことはまちがいじゃなかった。たしかに黒船町に将棋会所はあったし、しかも席亭は強いだけでなく、若くて水も滴るいい男」

「あまりくどいと、野暮な人だって嫌われますよ」

波乃に睨《にら》まれて信吾は舌を出した。

「だったらハツさん。今度その猫が夢に出てきたら、お礼を言っといておくれ、いい娘さんを紹介してくれてありがとうと、『駒形』の席亭が言ってましたって」

冗談めかしたが、信吾は会えるなら夢の猫に礼を言いたいくらいであった。ともかく「駒形」に通うようになったハツが、すべてを変えたと言っても過言ではない。

若い、というか幼いと言ってもいい女の子が通い始めたのを知って、留吉、正太、彦一たち男の子が指しに来るようになった。それを知って、子供だけでなく十代、二十代、三十代の客が通うようになったのだ。

たまに覗《のぞ》いても、陰気な年寄りばかりなので敬遠していたらしい。お蔭で会所は活気付き、見る見るうちに全体の水準もあがって、将棋大会を開催することもできた。

それだけではない。ハツが大人の客に勝ってうれしそうな顔をしているのを見て、常吉が将棋に目覚めたのである。

それまでは食べることにしか関心がなく、三つのことを命じると一つは忘れ、静かだと思うと壁か柱にもたれて居眠りしていた。そんな小僧が真剣に将棋を学び、毎日少しずつ信吾に教わっていたと思うと、いつの間にか新入りの子供客に教えるまでになったのだ。

信吾にとってはまさにハツさまさま、ということは猫さまさまということであった。

「ハツさんの夢に出て来た猫が『駒形』を教えてくれたなんて、紋ちゃんたちが聞いたら大喜びしそうね」

波乃はなにげなく言っただろうに、ハツはおおきく首を振った。

「駄目です。波乃さんも信吾先生も、みんなには、特に紋ちゃんには絶対に言わないでください」

「だって猫が教えてくれたから、ハツさんは『駒形』に通うようになったし、紋ちゃんとも知りあえたんだもの。留吉さんや正太さん、彦一さんなんかは、疑ったりからかったりするかもしれないけど」

「紋ちゃんはあたしの言ったことを、なにからなにまで信じてしまいますから」

「だけど嘘《うそ》じゃないのだから、話してもいいと思うけど」

「あたし、本当に夢で猫に教えられたのかしら。もしかすると思い詰めていたから、自分が願っていることを、猫に教えられたと信じたいのかもしれないって。ときどき、そうとしか思えなくなってしまうんです」

「考えられないことではありませんね」

信吾は思わず波乃を見た。ハツが思い迷っているときに、それを認めるようなことを言っては、さらに迷わせることになると思ったからだ。

五

「でもハツさんは、まちがいなく夢で猫に教えられたのです」と、波乃はきっぱりと言った。「あたしはその証拠を挙げることができますよ。さっきも言ったように、ハツさんは信吾先生の名前も、『駒形』のことも知らなかった。平兵衛さんに連れて来られるまで、本当にあるかどうかわからなかったんでしょう」

「でもあたし、信吾先生のことも『駒形』のことも、どっかでだれかが話していたのを、耳にしていたのかもしれないなって」

うんうんとうなずいてから、波乃はハツに訊いた。

「夢に現れたのはどんな猫だったの。虎猫、三毛猫、白猫、黒猫、それとも」

「あッ」とハツは目を見開き、続いて頭を抱えてしまった。「忘れました。思い出せないのです。ただ、あの目、黄色い二つの目が、じっとあたしを見て、そして話し掛けたの」

でしょう、とでも言うように波乃はおおきくうなずいた。

「黒猫だったのよ。黄色い二つの目がハツさんを見詰めていたから、目しか憶えていないのだわ。ハツさんがそう思いたいからではないのよ。まちがいなく夢で猫、それも黒猫に教えられたの。だから自信をお持ちなさい。自分を信じていいのよ、ハツさんは」

信吾にはいささか強引すぎる気がしたが、波乃は自信たっぷりに言い切った。

波乃はじっと目を見ながら言ったが、それでもハツの顔は不安に被《おお》われていた。波乃は微笑を湛《たた》えて、何度もうなずいて見せた。

やがて、ハツも弱々しくうなずいた。うなずきを繰り返してから、笑みが顔全体に拡《ひろ》がった。

「紋ちゃんには黙っておきましょう。紋ちゃんだけじゃなく、ほかの子供たち、いや大人のお客さまにも。これはね、ここにいる三人、ハツさんと、信吾先生、そしてあたし波乃だけの秘密。ね、指切りげんまんよ」

波乃はそう言ってハツと、続いて信吾と指切りをした。するとハツが、信吾ともおなじことをした。三人はなにも言わず微笑を交わした。

「あの、すみません」

声がしたので信吾が障子を開けると、将棋客の夢道《むどう》が庭に立っていた。

「勝負が付きましたので、遅くなりましたがハッさん、お手合わせを願います」

「あ、はい。今からだと指し掛けになってしまいそうですが、続きはお昼ご飯を食べてからでもかまいませんね」

「もちろんです。ハッさんと指せるのですから、お昼は抜きでもいいですよ」

前年の第二回将棋大会には外部からの参加者も多かったが、「駒形」での順位はハッが五位、夢道が六位であった。これからの将棋会所を背負う二人である。

「信吾先生、それに波乃さん。ありがとうございました」

「全力を尽くせよ、ハッさん」とささやいてから、信吾は庭の夢道に声を掛けた。「夢道さん、ハッさんは腕を撫《ぶ》していましたよ。いい勝負が期待できそうですね」

庭で夢道が明るく笑うのを聞いて、ハッは二人に頭をさげると八畳間を出て行った。ハッと夢道が会所側の庭に姿を消し、柴折戸の揺りもどしの音がしてから信吾は言った。

「相談事ではなかったけれど、波乃はますます相談屋らしくなってきたね。ハッさんの迷いを解きほぐして、しかも勇気付けたところなんか、わたしにはとても真似《まね》ができない」

ハッと夢道の対局を見たくはあったが、信吾は会所には向かわないことにした。波乃と話したかったからだ。

「自分の女房に世辞を言うなんて、信吾さんらしくありませんよ」

「これでも商人の端くれだから、お金にならない世辞なんて言わない」と、間を取ってから続けた。「相談屋はまだまだ思うようにいかないけれど、将棋会所は少しずつでも、思い描いていたのに近付いてる気がするんだ」

「あたしもそう思います。将棋会所は信吾さんにお任せですけれど、横で見ていて次第にいい雰囲気になってきたなって」

「波乃が言うなら本物かもしれん。横から見てるほうが、よくわかることがあるからね。しかしハツさんも難しいところに差し掛かるから、いつまで続けられるだろうか」

「難しい、とおっしゃると」

「会所に来たのが十歳で、今年は十二歳だからね。来年は十三歳だ」

少しだが間があった。

「やはり難しくなりますか」

「あの子が女チビ名人ってことくらいしか、波乃には言ってないけれど」と、間を取ってから信吾は続けた。「ハツさんは三歳のときに母親を亡くしてね」

「父親は後添いをもらわなかったんだ、継母《ままはは》ではハツが辛《つら》い思いをするからって。上の兄たちとは随分と齢《とし》が離れているし、末っ子の女の子だから、あれこれ言わずに伸び伸び育てようと思ったらしい」

ハツはまだ幼かったので世話する女中を雇い、家の中のことは女中が、外に出るときは平兵衛が面倒を見ることになった。ところがハツは女中よりも平兵衛に懐き、たまたま教えた将棋に夢中になってしまったのである。

「倅《せがれ》は後添いをもらうべきだったと後悔しているかもしれません。ハツのこの先のこともありますからね」

信吾は、平兵衛がそう洩《も》らしたのを憶えている。そう遠くない嫁入りを考えての、発言ではなかっただろうか。

ハツはたちまちにして強くなり、夢で猫に教えられたかどうかはともかく、祖父といっしょに「駒形」に通うようになった。

「だけど本人がいくら将棋を好きだからって、今のようなことをいつまでも続けられないだろう」

「そうでしたか」

波乃が黙って唇を嚙み締めたのは、さまざまな思いが錯綜《さくそう》したからかもしれない。

平兵衛は「ハツのこの先のこともありますから」と言ったが、商家の次女である波乃にそれがわからぬはずがなかった。十代の半ばになると、とりわけ女児には周りの目が注がれるようになる。

　取引先や同業、また遠縁の親戚やおなじ町内の商家などから声が掛かることは多かった。場合によっては十五、六歳で嫁入りすることもある。ハツもいつそうなってもおかしくない。

「ハツさんはどうなのかしら」

「本人はなにか考えてはいるようだと平兵衛さんは言ったけれど、今の世の中で女の人にできることはかぎられている。縫物とか手先を使う内職がほとんどだからね。手習所の師匠になった人もいないではないけれど、まだほんの一握りだし、小唄や長唄、踊りの師匠となると、一通りのことを習ったくらいでなれるものではないから」

「ねえ、信吾さん。ハツさんは女チビ名人と呼ばれているくらい強いんでしょ。だったら将棋会所を開けないかしら」

　信吾も夢想しかけたことがあったが、直ちに打ち消したのである。

「客が集まらないよ。女の子はままごとはしても、碁や将棋をやろうとは思わないもの。習い事をするなら唄に踊りに三味線だろう。『駒形』はたまたまハツさんが通うようになったから、紋ちゃんも客になった。でも女の子は例外と言っていいからね。手習所は女の子も通うけれど、女の子が、いや女の人が席亭の将棋会所じゃ客は来ない」

「ハツさんはなにか考えているようだと、平兵衛さんはおっしゃったんでしょ。ハツさん、なにを考えているのかしら」

「嫁入りが決まるまでは、好きな将棋に打ちこもうと決めたのかもしれないよ」

「そうですよね。あたしたちはハツさんが将棋を続けるにちがいないと思ってしまいますけど、嫁入りして子供を育てるのが、一番の幸せかもしれませんものね」

「今のハツさんからは考えられないけれど、娘心はわからないもの。江戸でも有数の楽器商の次女が、押し掛け女房に豹変《ひょうへん》したこともあったから」

波乃に胸を叩《たた》かれ、信吾は思わず呻《うめ》いてしまった。

「亭主に隠れて密《ひそ》かに武芸に励んでんじゃないのか」と、信吾は叩かれた辺りを撫《な》でさすった。「冗談は置いといて、本人にその気がなくても、親が決めてしまうことだってあるだろう」

「双方の親が決めてしまったら、従うしかないですものね」

「相手がハツさんにぞっこん惚《ほ》れこんで、いっしょになってくれさえすれば好きなことを続けてもいい、なんてことでもあれば」

「いいんですけど。ご亭主にいくら理解があっても、姑《しゅうとめ》さんや舅《しゅうと》さん、それに親戚の人たちが許す訳がないですよ」

「でもどうなるかわからない。ハツさんは頭も良いし、切り替えも利きそうだから、割り切れるかもしれないだろう」

「割り切るって、どんなふうにですか」

「将棋はもう十分に楽しんだ。短い人生だもの、もっともっといろんなことがあるはずだわ。だったらそれをやらなきゃ、なんて」

「でも、それではすまないでしょう」

嫁入りのためには炊事、洗濯、掃除、縫物などの家事全般をはじめ、身に付けなければならないことは山ほどある。読み書きと礼儀作法は、ある程度までは手習所で教えてくれるだろう。ほかにも細々と憶えねばならぬことは多い。ハツの世話をするための女中を雇ったとのことだが、それらも教えることになっているのだろうか。だが母親の代役が簡単に務まるとは思えない。

一度《ひとたび》考え始めると、次々と思いが及んで収拾が付かなくなってしまう。

「それとなく、ハツさんの考えを訊き出すことはできないでしょうか」

「難しいだろう。それにもしも思い迷っているとしたら、本人も答えようがないかもしれない」

「うっかりすると、こちらの考えを押し付けることに、なりかねないですものね」

「ハツさんの父親や平兵衛さんだって、考えていることはあるだろうから、他人が無闇に踏み入ることはできないんだよ」

「なにもできないのですね」

「相談されたらべつだけど、ハッさんは自分で決めるだろうな」

六

信吾が将棋客たちの対局を観戦していると、腰を屈《かが》めて畳の上を摺《す》り足《あし》でやって来た常吉が、耳許《みみもと》に口を寄せて言った。

「席亭さん、席亭さん、席亭さん」

仕事を覚え、将棋も強くなったのでそれが自信となったのだろう、常吉は信吾も感心するくらい若者らしくなっていた。ところがおなじ言葉を三度も並べたところは、父正右衛門《しょうえもん》が手伝いのために信吾に付けたころに、逆戻りしたとしか思えない。

「落ち着きなさい」

言いながら常吉の視線を追って、今度は信吾が顔色を喪《うしな》った。庭先に波乃が立っていたからである。所帯を持ち、将棋会所の隣家を借りてそこを信吾との住まいとしてからは、波乃は客のいるあいだは会所に顔を出さず、連絡はすべて大黒柱の鈴でおこなっていた。

その波乃が柴折戸を押して母屋の庭から会所の庭に入って来たとなると、考えられることは一つであった。東仲町《ひがしなかちょう》か阿部川町《あべかわちょう》、つまり宮戸屋《みやとや》か春秋堂《しゅんじゅうどう》になにか、それもまちがいなく不幸があったということなのだ。

信吾に見られた波乃が奇妙な戸惑いを見せたのが、そのなによりの証《あかし》だ。なんと伝えるべきかとの逡巡《しゅんじゅん》が、顔に出たとしか考えられなかった。

あわてないようにと自分に言い聞かせながら、気が付くと信吾は裸足《はだし》で庭におりていた。苦笑しながら下駄を履き直す。

「だれなんだ」

柴折戸を押して母屋の庭に入りながら、信吾は早口に訊いた。

「だれって」

「だから、宮戸屋か春秋堂のだれかに、なにかあったんだろう」

波乃はその場に突っ立ってしまった。

「どうしたんだ、波乃らしくない」

「まあ、ひどい。信吾さん、とんでもない勘ちがいですよ」

「勘ちがいだって。なにを言い出すんだ」

「だって宮戸屋だの春秋堂だのって、まるで不幸があったみたいじゃないですか」

全身から力が抜けたような気がして、信吾は思わずその場にしゃがみこんでしまった。

「ちがったのか。だったら波乃も、そんな顔をしないでもらいたいよ」

「そんな顔って、どんな顔かしら」

「わたしはてっきり……」

言い掛けて、信吾は辛うじて言葉を吞みこんだ。波乃の両親、でなければ姉夫妻、もしかすると生まれたばかりの元太郎《げんたろう》、それとも信吾の両親か祖母、あるいは弟の正吾《しょうご》、そのだれかが死んだとしか思えなかったのである。

信吾が言葉にできなかったことを、波乃は汲《く》み取ったらしい。

「それこそ、信吾さんのとんでもない思いちがいですよ」

「するとなにがあったんだ。客たちのまえには顔を出さない波乃が将棋会所にやって来たのだから、てっきり一大事が起きたに相違ないと」

「お客さんだと思うのですけれど」

「また、わからないことを言う。思うのですって、だれかが来たんだろ」

「ええ」

とすると、あるいは。

「もしかして一人じゃないのか。だったら何人なんだ。まずそれを言わなきゃ」

信吾は思わず懐に手を入れて、護身具の鎖双棍に触れた。心を落ち着かせるためだ。

「どう言えばいいのかしら」

「どうもこうもないじゃないか。今日の波乃は変だぞ」

「やはり、三匹と言うべきでしょうね。あたしはお三方と言いたいですけど」

言いながら波乃は八畳間の障子を開けた。すると等間隔に並べられた座蒲団《ざぶとん》の上に、波乃の言ったお三方が、お坐りになっていらしたのである。千切《ちぎ》れ耳《みみ》、赤鼻《あかはな》、そして黒《くろ》兵衛《べえ》であった。

北隣の諏訪町《すわちょう》、南隣の三好町《みよしちょう》、そして信吾たちの住む黒船町を縄張りにしている野良の雄猫《おすねこ》どもである。いや、首輪や鈴を付けていないので信吾は野良猫だろうと思っていたが、もしかすると飼い猫かもしれなかった。ただ、どいつも人相、ではなかった、面相は極めてよくない。

千切れ耳は、仔猫《こねこ》のころから喧嘩《けんか》に明け暮れたのか、片方の耳は半分以上が千切れてなくなっていた。次は赤鼻だ。黒や虎はともかく三毛や白、そして白黒の猫の鼻は、大抵明るい桃色をしている。ところが赤鼻は、それが色濃いため赤っぽく見えた。そして黒兵衛は黒猫、それも漆黒の毛色をしている。昼間見ると艶やかな黒毛が輝いているが、残念なことに尻尾が途中までしかない。

――どうにも落ち着かねえなあ。

赤鼻が愚痴るように言うと、黒兵衛が「そのことよ」という顔になった。

――どうかお坐りになって、すぐに主人がまいりますからと言われたが、こんなにふわふわじゃ尻がこそばゆくってならねえよ。

――だろうな。貧乏人か貧乏性か知らねえが、それが育ちってもんじゃねえのか。

千切れ耳がそう言うと、赤鼻と黒兵衛は不快さを隠そうともしなかった。となると、いかにも野良らしい千切れ耳が飼い猫で、あとの二匹は野良猫だろうか。

「お三方って、すると三匹が揃ってやって来たのか」

「そうなんですよ」

「それで、亭主を呼んでくれないかと言われたのだね」

「まさか。あたしじゃ相手ができませんから、あわてて信吾さんを呼びに」

「顔色を変えて呼びに来たから、勘ちがいしたじゃないか。だったら大黒柱の鈴で報《しら》せたらよかったのに」

クシュンと聞こえたのは、三匹のうちのどれかが咳払《せきばら》いをしたのだろうか。

「おっといけない。揃ってやって来たからには、よほどのことだろうからな」

波乃にそう言ってから、信吾は三匹に向き直った。

――それぞれが自分の縄張りをおっぽり出して来たからには、言っておきたいことがあるんだろう。聞こうじゃないか。

――そう高飛車に出られちゃ、かなわねえなあ。ちょっと珍しいものを見せてやろうと思っただけなのに。

千切れ耳がそう言うと黒兵衛が鼻先で笑った。

——信吾は生き物と話せると聞いていたが、猫のことがまるでわかっちゃいねえ。がっかりだぜ。

——これは聞き捨てならない。猫のことを知っているとは言わないが、まるでと言われるのは心外だな。

信吾の抗議を、黒兵衛はそれこそ「まるで」気にもしていない。

——縄張りなんて人が勝手に言ってるだけで、人や犬なんぞとはちがっておれたちゃそんなもんに拘《こだわ》らねえのよ。一つの餌場を一匹で独り占めしたりはしないからな。そりゃ雌猫にちょっかい出したり、喰《く》い物《もん》を横取りしたりすれば、そのままにゃしねえがね。肩肘張らずに、みんな気ままに行き来してるぜ。

——それは知らなかった。気を悪くしないでくれ。

——いいってことよ。

どんな会話が為《な》されているかわからないのに、波乃は終始にこにこしながら信吾と猫たちを見ていた。表情を見て遣り取りを想像するだけでも、十分楽しいのかもしれない。

——それより、ちょっと珍しいものを見せてくれると言ったはずだが。

——おっと、変なことを言い出すからうっかりしていた。信吾は猫の寄合いとか集会、集まりとか猫の会議とも言われているらしいが、知ってるか。聞いたことはあるかい。まさかそんなことは、本にゃ書かれてねえだろうが。

赤鼻に訊かれたが信吾は初耳であった。

――いや、残念ながら。

――だったら、嫁さんに教えてもらいな。

「波乃」

「はい。なんですか、急に。びっくりするじゃありませんか」

「猫の寄合いとか集会、集まり、猫の会議なんて聞いたことがあるかい」

信吾が猫たちと、そんな話をしていたとは思いもしなかったのだろう。波乃は驚きを隠せなかったが、すぐに思いを巡らせたようである。

「あッ、ありますよ。米右衛門《よねえもん》さんがふしぎがっていたので、あたしよく憶えています」

米右衛門は春秋堂の番頭だが、同業の寄合いが長引いてお開きが夜の四ツ（十時）をすぎてしまい、その帰りに見たそうだ。町名までは憶えていないが、かなり広い空き地に猫が二十四匹以上もいて、思い思いの方向を向いて坐っていたらしい。満月ではないが猫たちが見えるくらいには明るかったので、なんともふしぎな気がしたそうである。喧嘩どころか鳴きもせず、ただ黙って香箱《こうばこ》坐《ずわ》りをしていたとのことだ。

あまりにも奇妙だったので人に訊くと、猫の寄合いとか会議と言って、多くは夏の終わりから秋に掛けて見られるらしい。暗くなってから集まり、ただ黙って坐っているが、夜中になるといつの間にかいなくなるとのことである。

——ああ、わかっているから説明せんでもいい。

信吾が口を開こうとするなり、赤鼻が遮るように言った。

——その集まりが、月が半分になる日にあるのだ。信吾が生き物と話せるにしちゃ、あまりにもなにも知らんので、教えておいたほうがいいだろうってことに相談がまとまってな。

「月が半分の日と言えば、上弦か下弦だが、とすりゃ明日が下弦じゃないか。で、場所は」

信吾と意思を通じられるだけでなく、赤鼻、いや猫たちには人の言っていることがわかるらしい。だから信吾は声に出して、猫だけでなく波乃にも伝えたのである。

——雷門《かみなりもん》を潜《くぐ》って仲見世を通り抜けた先に仁王門、その東側に五重塔とか銭瓶弁天《ぜにがめべんてん》があるがその辺りだ。

銭瓶弁天のある弁天山は弁天池の中にあって、橋を渡って石段を上ると石の狛犬《こまいぬ》が鎮座している。その右側に石垣で一段高くなった鐘楼があって、時の鐘が吊《つ》るされていた。

弁天山には橋を渡らねば行けないため、野良犬はやって来ない。もし来たとしても、二十四も三十四もの猫が黙って坐っていれば、不気味に思って近付かないだろう。

本堂のある辺りは敷地が広いし、なにかあってもどちらにでも逃げられる。猫の寄合いには最適の場所と言えた。

信吾は波乃に聞かせるため、赤鼻の言ったことを復唱した。

「あたしも見たいわ」と、波乃は猫たちに言った。「ね、見せてもらってもいいでしょう」

——そりゃかまわんが、真夜中だから女の身では物騒なんじゃねえのか。

信吾はあわただしく波乃に通辞し、そして赤鼻に言った。

「だったら大丈夫。わたしにはこれがあるからね」

懐から鎖双棍を出すと、信吾は猫たちに見せた。

「うちの旦那さま、とても強いんですよ。素手でならず者をやっつけたほどですもの。護身具があるから鬼に金棒だわ。それに浅草寺さんなら家から近いですから」

——言っとくが見るだけだぜ。それから静かにしてなきゃ駄目だ。騒いだりしちゃ、いや話し掛けるだけでもほかの連中が厭な顔をするからな。

「あッ、お待ちになって。干鯵《ほしあじ》がありますから、すぐ用意しますね」

千切れ耳と黒兵衛、そして赤鼻が座蒲団からおりて帰ろうとしたので、波乃があわてて引き留めた。猫に「お待ちになって」と言うのを聞けば人は笑うだろうが、信吾といっしょになってからというもの、波乃は人と生き物の区別をしなくなっていたのである。

干鰺は明朝の分だが、常吉のを含めてちょうど三尾あった。棒手振《ぼてふ》りの小商人《こあきんど》は次々と声を掛けて行くので、そちらはなんとでもなるだろう。猫の寄合いを見せてもらえるのなら、お礼には申し訳ないほどである。

七

猫たちの話から判断して、信吾と波乃は四ツの少しまえには、浅草寺仁王門東側にある弁天山に着きたかった。四ツになると各町の木戸を閉めるので、自身番屋の番太郎に、横手の潜り戸を開けてもらわなければならないからだ。そんな煩わしいことは避けたかった。

猫たちが自然に解散し始めるのは九ツ（午前零時）ごろだとのことなので、その兆しが見えたら帰ることにしたのである。

四ツごろには東の空に下弦の月が昇り始めるが、提灯《ちょうちん》は用意しなければならない。鎖双棍のブン廻しで鍛えている信吾は、下弦であろうと月さえ出ていれば心配いらないが、波乃は足許がおぼつかないだろうからだ。

夜の食事を終えて常吉が将棋会所にもどると、信吾は自分が訊き出した知識を波乃に話した。前日、猫たちに寄合いについて訊かれてもわからなかったが、なんと波乃は知っていたのである。それもあって信吾なりに、少しでも多くの情報を掻き集めたのであった。

「わずかなあいだに随分と調べたのですね」

波乃が驚いたくらいだ。

朝、信吾は将棋会所に顔を出すと、常連たちが揃ったころを見計らって、猫の集会、寄合い、集まり、会議などと呼ばれている習性について、さり気なく訊いてみた。すると思い掛けないことがわかった。

「常連さんは商家のご隠居さんが中心なのでお年寄りが多いこともあるけれど、だれもが見たか、どこかで耳にしていたんだ。程度の差はあっても知らない人はいなくてね。なぜわたしが耳にしたことがなかったのかが、ふしぎなくらいだった。しかも、だれの話にもおおきなちがいはなかったんだ」

猫の集会が見られるのは春から秋に掛けてで、夏の終わりから秋がほとんどであった。猫は寒さが苦手ということもあるのだろうが、冬に見たという人は一人もいない。また真夏を避けているのは、蚊に喰われるからではないだろうか。

明るすぎず暗くもない月夜、という点も一致していた。満月や新月は避けて、上弦か下弦ごろというのもおなじであった。赤鼻に教えられた今夜の集会も、やはり下弦である。

集まりのある夜は晴れていることが多いが、どんよりと曇ってはいても絶対に雨は降らないそうだ。顔を洗う猫の前足が、耳を越えると降るとか晴れるとかの言い伝えが各地にある。それだけ猫は敏感に天気の変化を感じ取るので、集まりの夜に雨が降ることなど有り得ないのだろう。

集まるのは広場、空き地、寺や神社の境内が多いが、いずれも露天であった。雨になれば、せっかくの集まりが台無しになってしまう。

集まるのは十匹以上で、二十匹から三十匹くらいが平均のようだ。五十匹を超えるのを見た人はいなかった。ある範囲の地域の猫が集まるので、自然とそうなるのだろう。

「人の先達《せんだつ》や世話役に当たるような立場の猫はいない。老いも若きも、雄も雌も、立派な体格のも貧相なのも、見た目はちがっていても、みんな平等なんだそうだ。まさかと思ったけれど、何人もがそう言うのだから信じていいだろう」

「でもだれがどのようにして、集まりの日を決めるのかしら」

「世話役がいないってことは、みんなで相談するんじゃないのか」

「だって決まっているから、みんなが集まるのでしょう」

「なるほど変だね。集まるからにはなんらかの方法で知るのだろうけど、猫たちが教えてくれたのだから、集まりに顔を出せばわかるにちがいない。ともかく猫たちが集まって、上下がないことに意味があるのだと思うよ」

波乃はわかったようなわからぬような顔になったが、実は信吾も思いはおなじであった。

集まった猫たちは銘々が思い思いの方向を向いて坐っている、とだれもが口を揃えて言った。親子や兄弟姉妹もいるだろうに、決して体が触れることはない。ほとんどが半間（約九〇センチメートル）から一間（約一八〇センチメートル）は離れているそうだ。

「絶対に鳴いたりせずに、みんなただ静かにしているそうでね。ただわたしの体験から、声には出さなくても猫たちは対話していると思うんだ。だけど人には、黙って坐っているとしか見えないのだろう」

将棋客たちから、信吾は実に多くのことを教えられたのである。

午後になって、両国から通う茂十《もじゅう》と今戸町《いまどまち》の夕七《ゆうしち》がやって来たのでおなじことを訊いた。知ってはいたものの、特に新しい情報は得られなかった。それほど多くの人が見たり聞いたりして知っているのは、だれもが神秘的な印象を受けるからにちがいない。

信吾は自分があまりにも無知なことを思い知らされたが、二十二歳の若僧なのだからむりもないと自分に言い聞かせる。倍、三倍、あるいはそれ以上の、経験豊かな老人たちにかなう訳がなかった。

だから、それを嘆いても仕方がない。

ただ波乃には話さなかったが、信吾は密かに期待している部分があった。黙って坐っているだけの猫たちから、その心が読み取れるのではないかとの思いが強くある。まえの日もそうだったが、波乃には三匹の猫と信吾が向きあっているだけに見えたはずだ。しかし信吾たちは言葉にはならないが、会話を交わしていたのである。

五ツ半（午後九時）より四半刻《しはんとき》（約三〇分）ほど早く黒船町の借家を出て、二人は大川《おおかわ》沿いの道を上流へと歩んだ。諏訪町、そして駒形町《こまがたちょう》、駒形堂《こまんどう》を左に見ながらさらに北へと進む。

材木町《ざいもくちょう》をすぎて右に吾妻橋《あずまばし》を見ながら、花川戸町へ、そして山之宿町《やまのしゅくまち》の手前で西に折れた。通りを突き切って左右の寺のあいだを抜けると、浅草寺の東の門であった。門を入るとその南側に五重塔が聳《そび》え、時の鐘がある弁天山が小高く盛りあがって、木立が黒々と茂っている。

弁天山に向かうには弁天池に架けられた橋を渡らねばならないが、橋の手前で歩みを止めた。信吾は声をひそめて波乃に伝えた。

「多分、猫たちは来ていると思うが、橋の向こうは猫たちの世界だから絶対に話さないように。声を出すのも駄目だし、おおきな動きや急な動きも猫に不安を与える。昨日の三匹がいても知らん顔をするように」

昨日の三匹とは、千切れ耳と黒兵衛、そして赤鼻である。信吾に教えたからには、かれらも来ているはずであった。

人の溢《あふ》れている昼間とは別世界のように、浅草寺の境内は森閑としている。草履にしてよかったと信吾は思った。下駄だと、いくら注意しても音を立てずにすまないだろう。猫たちの顰蹙《ひんしゅく》を買っては、ここにいられなくなってしまう。

橋を渡ると銭瓶弁天堂への石段である。上から下まで注意して見たが、石段には猫の姿はなかった。

二人は音を立てぬように細心の注意を払いながら、ゆっくりと石段を上って行く。やがて本堂の屋根が目に入り、その手前には狛犬が向きあっているが、暗くて阿吽《あうん》の相までは、日々鎖双棍のブン廻しで目を鍛えている信吾にもわからない。

そして、いた。

いたのである。

石段を上った少し先の左手に鳥居が、右手に鐘楼があるし、右手の奥寄りにも少しおおきな鳥居が立てられている。その辺りから本堂の前方、松の木の根方など、あらゆる所に猫たちの姿があった。

固まっているというほどでもないし、散らばっているというほど離れてもいない。適度な、としか言いようのない状態で散在していたのだ。

当然、気付いているはずだが、どの猫も二人をまるで気にしない。顔を向ける猫もいなかった。また猫同士が視線をあわせることもないようだ。

信吾は心を研ぎ澄ました。すべての念を解き放ち、心を無にした。

ところがなにも届かない。

猫たちは黙然としてはいても、心を通わせて、沈黙のうちに会話していると、信吾は思って、いや確信していたのである。それは勝手な思いこみであったのだろうか。

波乃はなにを感じ、なにを考えているのだろう。その目は散在する猫たちを、ただじっと見ている。いやそうではない。次々と、ごくゆっくりとではあるが、猫たちの姿を追っているようであった。その顔全体を柔らかな笑みが被っている。

信吾は目を凝らして猫たちを見たが、赤鼻、千切れ耳、そして黒兵衛を見付けることはできなかった。むりもない。下弦の月明かりでは顔まで見分けられないのだ。

相変わらず猫たちからはなにも反応がないし、猫同士で会話しているようすもない。

――おい、どうしたんだ。わたしと波乃が来たのは知っているんだろ。

たまりかねて、信吾は思わず猫たちに語り掛けていた。だが、やはり返辞はもらえなかった。しばらく待ったがなんの変化もない。

とすると、猫の集会とは一体なんなのだろう。ただ集まって、黙って静かに坐っているだけだというのか。だったらなぜ、集まるのだ。

いけない、と思わず信吾は声に出しそうになって、なんとか呑みこむことができた。

猫は人ではないのだ。それなのに信吾は、どうしても人の感覚で考えてしまう。縄張りの話が出たとき、黒兵衛は言ったではないか。縄張りなんて人が勝手に言っているだけで、自分たちはそんなものに拘っていない。なぜなら、一つの餌場を一匹で独り占めしたりしないからだ、と。

猫の寄合いは猫だけのもので、人の理解できるものではないということらしい。べつの世界なのだ。でありながら人の世界のごく近くに存在し、接し、あるいは重なりあっているのである。ところがそのことに人は気付いてもいない。

留吉たちが招き猫の左足と右足のちがいに気付かなかったら、そしてハッが夢で猫に教えられたことを話さなければ、自分はこの神秘的としか言いようのない、猫たちの独自な時間を知ることがなかったにちがいない。

猫たちのひとときを、これ以上邪魔してはならないと思った。信吾が目顔で波乃に語り掛けると、わかったらしく何度もうなずいた。

二人は弁天山の石段を上り切った所に佇《たたず》んでいたが、ゆっくりと踵《きびす》を返した。そして来たとき以上に慎重に、音を立てぬよう注意しながら石段を下りて行った。

時刻は四ツ半（十一時）に近いだろう。

おなじ大川沿いの道を帰って行ったが、風はかなり肌寒い。しかし信吾の胸は、熱い思いで満たされていた。

口から言葉が溢れ出そうだが、口を開くと言葉だけでなく、多くのものが零《こぼ》れ落ちそうな気がした。そのまま大事に持ち帰り、波乃と語りあいたい。

そのために、信吾は歯を喰い縛ったのであった。

山に帰る

一

「キューちゃん、どうゆうことだい」

　言いながら入って来たのは寿三郎《じゆさぶろう》で、そのうしろには「物干し竿《ざお》」が渾名《あだな》の完太《かんた》と「どん亀」の鶴吉《つるきち》が続いている。信吾にとって生涯の付きあいになるにちがいない、竹馬の友ならぬ竹輪の友の三人だ。

　夜の食事を終えた常吉が番犬「波の上」の餌を入れた皿を持って将棋会所にもどったので、信吾と波乃が八畳間に移って茶を喫しようとしたときであった。六ツ（六時）はすぎていたが、六ツ半（七時）にはまだ間があったはずだ。

「どうゆうことだいって、どうゆうことだ」

　間の抜けた訊《き》かれ方ではあったが、答えた信吾は輪を掛けて間が抜けていた。それは、まだあれに気付いているとは思ってもいなかったからである。

　客を表座敷の八畳間に誘《いざな》いながら、チラリと目を遣《や》って「酒を」と伝えた。波乃は「わかってますよ」というふうにうなずいた。

八畳間に移ると、積み重ねてあった座蒲団《ざぶとん》を取って敷きながら、銘々が好きなように坐《すわ》る。

「だって三枚目だからな」

言ったのが完太だったので、信吾は意外な思いがした。竹輪の友の中で一番のんびりしていて、細かなことは気にしないし、気にもならない性質《たち》だと思っていたからだ。

「これはまいった。完太がそれほど目敏《めざと》いとは思ってもいなかったよ。ところで、いつ気付いたんだ」

「今日の昼まえ」

「ますます驚いた。こんなことってあるんだなあ。今朝、夜明けに掛け替えたばかりなのに、完太が二刻《ふたとき》（約四時間）か三刻《みとき》（約六時間）もしないうちに気付くなんて、ちょっと考えられないよ」

「北本所の番場町《ばんばちょう》に用があったので、大川端《おおかわばた》を川風に吹かれながらと思ってね」

風流だと言いたいが肌寒い日が続いている。ズレているとしか思えないが、そこがいかにも完太らしいところだ。

完太の家は信吾たちの住む黒船町より五町（五五〇メートル弱）ほど南の森田町《もりたちょう》にあって、料理と茶漬けの見世をやっていた。番場町に行くなら、通常は地元《とち》の人が蔵前《くらまえ》通りと呼んで親しんでいる日光《にっこう》街道を北上し、浅草広小路《ひろこうじ》の雷門の手前で右、つまり東に折れて吾妻橋を渡る。

そうせずに大川沿いに道を変えたので、黒船町の信吾たちの借家のまえを通り、新しい看板に気付いたということだ。

であれば三好町の南にある御厩《おんまや》の渡しから船で対岸の本所に向かったほうがずっと近い。北上して吾妻橋を渡れば、今度は左岸を下流へと南下しなければならないので遠廻《とおまわ》りになる。もっとも物干し竿に頭と両手をくっつけたような痩せて背丈のある完太が、風に吹かれながら河岸を行く姿はけっこうサマになるかもしれない。

その完太が何度も首を傾《かし》げながら言った。

「もしかしたら、もしかしたのかなと思ってね」

あるいは気付いたのかもしれないと思ったが、信吾は素知らぬ顔で惚《とぼ》けた。

「寿三郎だけかと思ったら、完太まで変になっちまった。鶴吉はもともと変だけどね」

言われた鶴吉は、ひょっとこのように口を尖《とが》らせて天を仰いだ。それを横目で見ながら完太は続けた。

「最初は『よろず相談屋』だったが、波乃さんを嫁さんにもらって『めおと相談屋』になった。あのときは驚いたが、理屈は通じなくもない。ところがまた掛け替えたじゃないか。波乃さんに逃げられたため、『めおと』を看板にできなくなったのだと思ったよ。そしたら『おやこ相談屋』になって、しかも波乃さんはいる。となると、もしかしたらと思うしかないじゃないか」

やはりそうだった。完太はややこしい言い方をしたが、それが三人のやって来た理由ということだ。あるいはおめでたかと思ったが、確信が持てないのでようすを見に来たということらしい。そのため、もたもたした言い方になったのだろう。

竹輪の友の三人はいつもそうだが、信吾がちゃんと話そうと思うより早く姿を見せて騒ぐことが多かった。さてどこから話そうかとまごついてしまう。

「実はこのまえ伝言箱の下に捨子されてね」

さすがに三人は驚いたようだが、代表するように寿三郎が言った。

「捨子とはおだやかじゃないなあ」

「しかも引き取りに来るまで面倒を見てくださいって、二人宛の手紙が入れられていた」

「二人って、信吾と波乃さんだろ。で、引き受けたのか」

寿三郎が好奇心を剝《む》き出《だ》しにして訊いた。

「頼まれたんだから仕方がない。面倒を見て、万が一引き取りに来なかったら養子にしようと波乃と相談したんだが」

「その子は」

鶴吉は部屋中を見渡したが、八畳間に入ったときにわかったはずである。いくらか冷静な完太が言った。

「奥の部屋に寝かしてるのだね。だったら、見せておくれよ」

信吾は両手を突き出して、腰を浮かしかけた竹輪の友たちを鎮めた。

「お待たせいたしました」

丁度そこへ、燗《かん》を付けた銚子《ちょうし》と盃《さかずき》を盆に載せた波乃がやって来た。

「随分と早かったね」

信吾がそう言うと、「お湯が残っていましたから、すぐ燗が付きました」と言いながら、波乃は客と信吾のまえにそれらを並べた。

「食事はすませていますから、酒だけであとはなにもいらないです。それより波乃さんも、いっしょにいただこうじゃないですか」

波乃が目顔で「とんでもない」と言った。腹に子を宿しているのだから、大事なときにとんでもない話だ。信吾はさり気なく断って話題を切り替えた。

「完太がやさしくなったのは、豊《とよ》さんを嫁にもらったからだな。伴侶《つれあい》を得ると人はいろいろと変わるものだ。完太と豊さんに見せ付けられて、寿三郎と鶴吉は焦ってんじゃないのか」

以前の完太なら波乃に「いっしょにいただこうじゃないですか」と、やさしい声を掛けるなど考えられない。

完太は豊と結ばれたばかりだが、すんなりとはゆかず一悶着《ひともんちゃく》あった。見合いの席で双方がすっかり気に入ったのに、完太が禁句を三つも並べたために打ち壊《ぶこわ》しになったのである。

信吾と波乃が裏から綻びを繕って、なんとか祝儀に漕《こ》ぎ着けたとの経緯《いきさつ》があった。妻帯を機に真右衛門《しんえもん》に名を変えたが、畏《かしこ》まった席以外では、竹輪の友は完太で通すはずだ。

信吾の言葉に完太は苦笑したが、すぐ真顔になった。

「で、その捨子は」

「どうしても養子にほしいという夫婦がいたので、随分迷ったけれど任せることにした」

「それで『おやこ相談屋』にしたとなると、理屈があわないじゃないか」

波乃が懐妊したのを機に「おやこ相談屋」にしたのではないかと思った三人にすれば、肩透かしを喰《く》ったに等しいだろう。どうせ打ち明けなければならないとしても、信吾にすれば納得のいくように話したかった。

「順を踏むとこういうことなんだ。最初は世の中の、あらゆる悩み事の相談を引き受けますと『よろず相談屋』にした。ところがよろずと言ったってあまりにも漠然として、ようわからんだろう」

「ああ、よろずってことはなんでも来い、だろ。大風呂敷を拡《ひろ》げやがったなと思ったもの。言われて見ると、よろず屑物《くずもの》を引き取りますの屑屋みたいで、取り留めなくて捉えどころがないな」

そう言ったのは完太ではなく寿三郎である。

「だから波乃と所帯を持ったとき、『めおと相談屋』に変えたんだ。よろずよりよほどはっきりしてるからね。悩み事はなんでも、特に夫婦のことならお任せください。夫が、妻が、場合によっては夫婦で相談に乗ります。それに二人とも若くて、ついこのままで子供でした。だからお子さんの悩みにも応じられます」

「相談客は増えたの」

鶴吉は看板より、替えた看板がもたらした効果が気になるらしい。

「ああ。増えたとも。だけど世の中、夫婦や子供よりも、親子や兄弟姉妹、友人知人が絡んだ悩みもけっこう多いからね。夫婦に限定しないほうがいいと思ったんだ。べつに限定したつもりはなかったけれど、夫婦の悩み事を専らとしていると受け取るうっかり者もいないではない。そこに今回の捨子騒動もあったので、思い切って三枚目の『おやこ相談屋』に掛け替えたんだが」

「なんだ、そういうことか。てっきり子供ができて、信吾と波乃さんが親になるからだとばかり思ったよ。それにしたって気が早いけどね」

「勇み足があるとしても、物事は後手を踏むくらいなら、先手先手と進めるほうがいいだろう」

「誤解を招かないためには、ちゃんと親になってから変更すべきだったんじゃないか。いやしくも『おやこ相談屋』を名乗るからには、親になってからでなきゃ」

鶴吉が親を並べたので、寿三郎がすかさず茶化した。

「おやおや」

そう言った寿三郎が、言った直後にまじまじと波乃を見て、素っ頓狂な声をあげた。

「えッ、まさか」

鶴吉と完太が、つられて信吾までもが寿三郎の視線を追った。波乃が真っ赤な顔をして俯《うつむ》き、もじもじと両膝の上で何度も両手の指を組み替えていた。

それを見られてはごまかしようがない。

「そういうことか」

寿三郎に言われ信吾は首筋を掻《か》いた。

「最初に変な訊かれ方をしたのですなおに打ち明けられなかったけど、実はお察しのとおりなんだ」

「それはよかった。おめでとう」

さすが竹輪の友だ。祝いを述べた完太、寿三郎、そして鶴吉の声はピタリと揃《そろ》っていた。

「ありがとう。ちゃんと話そうと思っていた矢先にみんなが来て、先に言われてしまったんだよ」

「信吾はいつも裏切るなあ、もっともいい意味でだけど」

「裏切るはひどくないかい。いくら、いい意味だとしても」

「だってそうじゃないか。嫁さんをもらうのは、自分が一番遅いだろうと言っていたんだぜ、信吾は。もしかしたら一生独身《ひとりみ》で通すかもしれないなって。その舌の根の乾かぬうちに、一番乗りして波乃さんといっしょになったじゃないか。その上、親になるのも抜け駆けだ。だからって文句を言おうってんじゃないぜ。ともかく、おめでとう」

「取って付けたような祝われ方ではあるが、取《と》り敢《あ》えずありがとう」

「で、いつなんだい」と、鶴吉は不躾《ぶしつけ》に波乃の下腹に目を遣った。「まだ、おおきくはないようだが」

「四月目《よつき》に入ったばかりなんだ」

「じゃ、祝いは生まれたときに取っておいて、今日は前祝いだな。そんなことなら、いい酒を持って来るんだった」

寿三郎が言ったので、信吾は手をおおきく横に振った。

「気は遣わんでくれよ。みんなが来てくれただけでうれしい。それに実家《うち》は料理屋だから、極上の下り酒がたっぷりとある。酒の心配は無用だ」

「となると、名前は決めたんだろ」

鶴吉がそう言ったので、波乃はクスリと笑った。

「ごめんなさい。正吾さんにも、おなじことを訊かれたものですから」

「鶴吉の言いそうなことだ。幼い、じゃなかった。子供っぽいでもなくて、若々しいんだよな」

寿三郎がからかったが、鶴吉は怒らないどころかやたらと感心している。

「それにしても、信吾の考えることは遠大だよなあ。ゆくゆくは親子でもって、どんな相談にも応じますってんだろう。子供が一人前になるには二十年は掛かるだろうに、その子供が生まれてもいないうちから、親子で相談屋をやることを考えてんだからな。信吾ならではと言うしかない」

「あッ」と声をあげたのは完太だったが、全員に見られて弁解するように言った。

「披露宴のときにさ、眉に何本も白毛の生えた爺《じい》さんが言っていたじゃないか」

「藪《やぶ》から棒になにを言い出すんだよ、完太は」

寿三郎がそう言ったが、信吾と波乃は思わず顔を見あわせた。姉花江《はなえ》の婚儀のまえにいっしょになったので、二人は親兄弟だけで仮祝言を挙げた。そして花江と滝次郎《たきじろう》の挙式後に、向島《むこうじま》の料理屋「平石《ひらいし》」で披露目の宴《うたげ》を設けたのだった。

そのとき遠縁の老爺が言ったのを、完太のひと言で思い出したのである。眉に長い白毛の生えた老人はこう言った。

「よろず相談屋で始められて、波乃さんと夫婦になってめおと相談屋と名を改められました。これで子供が生まれ、おおきくなられたら、親子相談屋とせにゃなりませんな」

まさかそれが頭の片隅に残っていたのではないだろうが、信吾は相談屋の名を「おやこ」と改めていた。なんともふしぎでならない。

波乃の懐妊がわかったとなるとそこは竹輪の友で、けっこう遅い時刻まで盛りあがりを見せたのであった。

二

翌朝、鎖双棍《くさりそうこん》のブン廻しを終えてから確認すると、母屋側の伝言箱に一枚の紙片が入れられていた。本日の七ツ半（五時）に、三間町《さんげんちょう》の呑《の》み屋「美馬《みま》」で相談に乗ってほしいとの依頼である。

高丸《たかまる》の名が記してあった。名前が書いてあれば、たとえ偽名であってもまともな相談が多い。

三間町は浅草広小路からはいくらか南にあって、七つの区画に分かれている。高丸が指定した美馬は東南側の、諏訪社に近い一画にあった。宮戸屋がある東仲町と、信吾たちが暮らす黒船町との中ほどだ。

浅草で生まれ育った信吾は、美馬の暖簾《のれん》を見た憶《おぼ》えがあった。美馬は町名の三間をサンゲンでなくミマと読ませ、耳に心地よくて字面もいい、美しい馬の字を当てたのだろうと信吾は思っていた。

金龍山浅草寺弁天山の時の鐘が七ツ（四時）を告げたので、少し早いと思ったが信吾は借家を出た。波乃には七ツ半に三間町の美馬で相談客の高丸に会うので、夕食は常吉と二人ですませ、戸締りを忘れないようにとだけ言っておいた。

美馬まではほんの四、五町（約五〇〇メートル）の距離である。

すでに夕暮れどきだというのに、深く濃い藍色の暖簾に純白の美馬の文字が鮮やかに浮き出ている。藍染めの暖簾をさげた見世は多いが、美馬ほど美麗でありながら落ち着いていて、心に染み入る鮮烈な藍色にはまずお目に掛かれない。信吾は藍暖簾に良い印象を持っていたので、美馬を待ちあわせ場所に選んだ高丸に好感を抱かずにはいられなかった。

その思いは本人に会って、さらに強いものになったのである。高丸はすでに来ていたが、相談をする側が待たしてはいけないとの気持の表れからだろう。

信吾が美馬の暖簾を潜《くぐ》ると、出入口からは一番遠い奥の席にいた若い男が手を挙げて合図した。店にはかなり客が入っていたが、すぐにわかったようだ。会ったことはないが、信吾を知っていたのかもしれない。

高丸は中肉中背で面長だが、眉が濃くて目がおおきく、鼻筋が通っている。すっきりした、爽やかな印象の青年であった。とても悩み苦しんでいるとは思えないが、人は見た目だけではわからない。それに本人ではなく、友人や家族の悩みで相談に来る者もいる。

挨拶がすむと高丸から話し掛けてきた。

「信吾さんは宮戸屋のご長男だと伺いましたので、お口にあわないとは思いますが、酒と肴《さかな》は適当に選ばせてもらいました」と言って、高丸は品書きを見せた。「お好みの品がありましたらおっしゃってください。追加で頼みましょう」

「いえ、てまえは好き嫌いがなくて、なんでも美味《おい》しくいただけますので」

言っているところに小僧が、盆に銚子と盃を載せてやって来た。

「お待ちどおさまでした。肴はすぐにお持ちします。どうかごゆっくり」

教えられたとおりにやっているという感じで、愛想の欠片《かけら》もない。齢《とし》は常吉とおなじ十四、五歳というところだろう。

信吾はついからかいたくなったが、高丸がどんな反応を示すかを知りたい、との気持も少しはあった。反応の仕方によって、どんな人物かわかることがあるからだ。

「小僧さん。盃を持って来て呑まないか。一杯だけならいいだろう」

「いえ、呑めないことになっていますので」

「呑まないじゃなくて、呑めないかい。どういうことかな。本当は呑めるのに、あるじさんに禁じられているのか」

「呑んじゃいけないんです」

小僧は盆を胸のまえで抱えたまま、生まじめな顔で言った。

「奉公人だからじゃないのかい。客がかまわないってんだから、一口くらい呑むがいいじゃないか」

「駄目なんです」

信吾が絡むので小僧は助けを求めるように高丸を見た。ということは見知っているということだろう。高丸は笑いを浮かべたがなにも言わない。

「だから、それはあるじさんが」

なおも信吾が言うと小僧は首を振った。

「呑めない訳があるんです」

「そうか」と、信吾をちらりと見てから高丸が言った。「だったら、その理由を聞かせてもらいたいな」

「酒乱なんです」

十五歳に達しているかどうかという小僧の口から、思いもしない言葉が飛び出したので、高丸と信吾は顔を見あわせた。

「酒乱は呑んでいて、急に別人のように乱れる人のことだが」と、高丸が言った。「だったら、呑まないほうがいい」

「何年も大酒を喰らった揚げ句に、酒乱になると聞いているよ」と、信吾は高丸に調子をあわせた。「となると小僧さんは、ずっとまえから呑み始めたのか。だとすりゃ、なかなかの酒豪じゃないか」

「てまえは一滴も呑みません」と、小僧は口を尖らせた。「酒乱の血筋なんだそうです。親が酒乱でしくじりまして、おまえは決して酒を呑んでくれるなよと、きつく遺言されましたから」

客の一人が呼んだので「では、ごゆっくり」と言って、にっと笑うと小僧は席を離れた。

「一本取られましたね」

高丸に言われて、信吾はしみじみとつぶやいた。

「客に教えられたのだとしても、あの齢で咄嗟《とっさ》の機転で言ったとしたら大したものです」

信吾と高丸は互いに銚子を手に取ると、相手の盃に注《つ》いだ。高丸は常に控え目で、冷静に観察を心掛ける性格のようだ。

「それにしても、高丸さんは良いお見世をご存じですね。ここほど鮮やかで深い藍色の暖簾を、てまえは見たことがありません」

「染めたものは洗いを繰り返すにつれて色褪《いろあ》せますが、良質の藍で染めあげれば、洗うたびに鮮やかさを増すそうです」

「色もそうですが、ともかく洒落《しゃれ》てますよ。三間町の三間をミマと読み替えて、それに美しい馬の字を当てたのでしょうから」

話しながら信吾は、高丸の表情がわずかにだが変化したことに気付いた。その理由はすぐにわかった。

「信吾さんはいいほうに取ってくださったようですが、美馬は田舎の地名でしてね」

言われてみると高丸にはわずかに訛《なま》りが残っているが、それがどこかは信吾にはわからなかった。なんとなく西、あるいは南方の出ではないのかとの気はしていた。爽やかさの中に素朴さも感じられたが、信吾は郷里について訊《たず》ねることはしなかった。話しているうちに、自然にわかると思ったからだ。

「暖簾の藍を褒めていただきましたが、わたしは美馬の字を見て、もしやと思って暖簾を潜ったのです。信吾さんのお生まれは」

「生まれも育ちも浅草です。こちとら生粋の浅草っ子でえ、と言うと舌を嚙《か》みそうですが」

「だったらわかりませんよね。江戸からわたしの郷里までは足の速い人で二十日、普通の人だと二十五日は掛かります。それほど離れていて藍色の暖簾と美馬の字を見たら、だれだって暖簾を潜らないではいられないと思いますよ」

「なるほど、故郷の地名であれば、おっしゃるとおりですね」

「店の親父《おやじ》さんの話では、わたしとおなじ思いでこの見世の暖簾を潜った人が、何人かいるそうでしてね」

故郷《ふるさと》の美馬が懐かしくて、思わず藍色の暖簾を潜ったとなると、ちょっとした絵になるではないか。

「そうしますと、美馬という地名はそう多くはないのでしょうか」

「だと思います。ここに通うようになって、親父さんの紹介で何人かに会いましてね。全員がおなじ出身か、地名を知っている人ばかりでした。そしてたまたま知っていた人にも会えましたよ。いや、互いに名前を知っているぐらいだったのですが、何度か呑んでいるうちに親しくなりまして」

「そういうことがあるのですね、地名が人を結び付けるということが」

「地名だけでなくて、藍染めの暖簾ですね。これは親父さんの受け売りですが」

今から六百年ほど昔、翠桂《すいけい》和尚が美馬の岩倉《いわくら》で、藍を栽培して衣を染めたと言われている。その後、藍作りは吉野川《よしのがわ》の下流地域に拡がって行ったとのことだ。

「吉野川とおっしゃいましたが、三大暴れ川の一つの」

「よくご存じですね。坂東太郎《ばんどうたろう》の利根川《とねがわ》、筑紫次郎《つくしじろう》の筑後川《ちくごがわ》、そして四国三郎《しこくさぶろう》の吉野川は暴れ川として知られています」

翠桂和尚は宝治《ほうじ》元（一二四七）年に、藍住《あいずみ》の地に見性寺《けんしようじ》を開基した。この寺は長年阿波《あわ》を治め、京大坂にも版図を拡げた三好《みよし》一族の菩提寺《ぼだいじ》だとのことだ。そういえば藍は阿波の特産品なので、信吾はもっと早く気付かねばならなかったのである。

三

相談客にはほぼ二通りあることを、信吾はそれまでの相談屋の仕事を通じてわかっていた。単刀直入に悩みを訴える者と、雑談をしながら頃合いを見て本題に入る者がいる。高丸は後者の典型のようだ。するとこれまで話したことの中に、相談に関わることがあるのだろうか。わかったのは次のような事柄であった。

美馬は阿波の地名で高丸の故郷である。

高丸は呑み屋の「美馬」に通うようになって、親しくなった人が何人かいる。

美馬のあるじは、阿波で藍の栽培が始まったいわれや翠桂和尚のことを知っているくらいだから物識《ものし》りだ。阿波出身の可能性が高い。

まだ若い高丸に悩み事ができたとすれば、まず同郷の知人に相談するのが普通だろう。いや、同郷人だからこそ話せること、わかりあえることがあるように、同郷人ゆえに、わかりあっているからこそ話せないこともあるはずだ。その点、相談屋の看板を出している信吾なら話しやすいと思ったのかもしれない。

信吾が宮戸屋の長男だと高丸は知っている。

相談はその辺りに関してであろうか。それとも、まるっきり無関係な内容かもしれない。

「お待ちどおさま。肴をお持ちしました」

高丸がなにを註文《ちゅうもん》したか知らないが、小僧はおおきな角盆にいくつもの皿や鉢を載せていた。

「危なっかしいなあ。一度でなく、分けて持って来ればいいのに。のんびりと呑み喰いするつもりだから」

「いえ、大丈夫です。慣れていますから」

言いながら小僧は秋刀魚《さんま》の塩焼き、里芋の煮っ転がし、茄子《なす》の揚げびたしなどの皿を並べた。

「ご飯は栗《くり》ご飯《はん》、汁はなめこの赤出汁《あかだし》になりますが、先にお出ししますか」

小僧に言われた高丸が目顔で訊いたので、信吾はお任せしますと目顔で応えた。

「いや、あとにしよう。それとわたしのご飯は少なめに頼むよ」

「お酒の追加は手を叩《たた》いていただいても、その鈴を鳴らしてもらってもいいです。すぐまいりますから。ではごゆっくり」

頭をさげて小僧は去った。

「藍の暖簾に美馬なので、あちらの料理が食べられると期待したのですが、江戸では材料が入らないためか、ありふれた田舎料理ばかりで」

料理に箸を伸ばしながら高丸が言った。

「あちらの料理と申されますと」

「ちょうど今時分ですと秋祭りのころとなりますので、なくてならないのがボウゼの姿《すがた》寿司《ずし》です」

「ボウゼ、ですか」

「浅草一の料理屋のご長男でも、ご存じないでしょうね。ボウゼはイボダイですが、こちらではボウゼの姿寿司は食べられないと思います。新鮮であるほど身が引き締まっているため、姿寿司にしやすいし味も絶品です。ですがてまえは、地元以外では口にしたことがありません」

「特に江戸だと新鮮に保てませんからね」

「阿波では秋祭りの時季には、鰺《あじ》やコノシロなども姿寿司にします。コノシロの成魚は八寸（二五センチメートル弱）ほどとおおきいですが、三寸（一〇センチメートル弱）くらいの若魚をコハダと呼んでいますね。姿寿司にはコハダを用います」

のような」
「コハダは江戸でもよく食べますが、阿波の味が楽しめないのは残念です。ほかにはど

「そりゃ、だれがなんと言っても、ジンゾクのボッカケです。もっとも、だれもなんと
も言わないでしょうが」

笑わせようとしたのだろうが、信吾が笑えなかったのは「ジンゾクのボッカケ」の意
味が見当も付かなかったからである。

高丸によると、これは地元の人にとっては夏場のご馳走《ちそう》であるらしい。

「料理屋の息子さんなら、『夏は大口、冬は小口』をご存じでしょう」

夏場は鮎《あゆ》や鰻《うなぎ》のように、体に比して口のおおきな魚の味がいい。逆に冬場は鯉《こい》や鮒《ふな》、
鯊《はや》など、口のちいさな魚が美味しいとされている。

高丸によると、ジンゾクは清流に棲《す》む鯊《はぜ》の一種だそうだが、おおきさはその三分の一
から五分の一とごくちいさいらしい。ところが「夏は大口」の典型と思えるほど体に対
して頭が、そして口がおおきい。

そのジンゾクと適量の水を鍋に入れ、砂糖と醬油《しょうゆ》を加えて煮るだけだそうだ。砂糖と
醬油の比率と、いつどういう状態のときに入れるかで、味が決まるとのことである。料
理と言えないほど素朴なだけに、誤魔化しが利かないのかもしれない。

できあがれば、汁をジンゾクごとご飯に掛けて食べるとのことであった。となるとボ

ッカケは、ぶっ掛けの誂ったものだろう。溶け出したジンゾクの脂がなんともいえぬ出汁となって、子供時分は腹がはち切れそうになるまで食べたそうだ。

「食べ終わるとだれもが天井を見あげて横になり、ゆっくりと腹を撫《な》でるしかできないのですよ。子供のころは毎年、夏になると上を向いて腹を撫でていたものです。信吾さんには、そんなのは料理ではないと言われそうですが」

「いえ、それこそ料理の基本ではないでしょうか。料理屋を弟に押し付けた兄が言えば、負け惜しみと取られるかもしれませんが。料理の良《よ》し悪《あ》しは美味しいかどうか、満足できるかどうかにあると思います。鮨《すし》とか料理を食べに行くと、鮨職人とか板前さんが得々として能書きを並べる見世があるでしょう。わたしは黙って金を払って出て、二度と足を向けません」

「味に自信がないので、言葉で補うのかもしれませんね」

ああ、また一人の友ができた、と信吾はうれしくなった。弟の正吾に、なんとしても高丸を紹介しなければ、と信吾はしみじみと思ったのである。

信吾は江戸では味わえぬ阿波の料理を高丸に教えてもらったが、料理名はおろか素材の見当も付かなかった。ただ一つだけわかったのは「鮎ろうすい」の鮎であった。香魚と呼ばれ、爽やかな香りを発する鮎は夏場は大の人気で、宮戸屋でも姿焼きだけでなく、板前たちが腕を揮《ふる》って客に供していた。

高丸によると鮎を丸ごと一尾入れた雑炊のことだそうだ。茄子や葱《ねぎ》などの野菜とご飯、そして鮎を出汁で煮込み、味噌《みそ》で味付けする。素朴だが鮎の風味が活《い》かされた独特の味になるらしい。

信吾の興味を引いたのは「はすいもの茎の酢の物」である。南方から移入したはすいもは里芋の一種で、阿波や土佐《とさ》で食べられているとのことだ。「りゅうきゅう」の別名で呼ばれるのは琉球《りゅうきゅう》から持ちこまれたからだと思われるが、原生地に近い風土でなければ育たないらしい。とすれば、薩摩《さつま》や日向《ひゅうが》辺りでも食しているのではないだろうか。

名からわかるように芋だが、食べるのは茎と葉とのことである。その茎は炒め物だけでなく、煮物や和《あ》え物《もの》などに使われるとのことだ。中でも太刀魚《たちうお》とはすいもの茎の酢の物は、淡白な魚の白身と茎の繊維の舌触りが絶妙の取りあわせで、さっぱりした食感が楽しめるらしい。

ほかにも大根、人参《にんじん》、油揚げ、胡麻《ごま》、蓮根《れんこん》、干し椎茸《しいたけ》、蒟蒻《こんにやく》の七つの素材を三杯酢で和える「ならえ」も知られている。安価でありふれた食材を組みあわせ、それぞれの味が活きるように工夫したのだろう。

豆と芋がなぜ「いとこ」関係なのかが解せないが、小豆と薩摩芋の煮物の「阿波のいとこ煮」には、思わず口中に唾が湧いたほどであった。干し芋にした薩摩芋を小豆とともに煮ると、なんともやさしい甘みになるそうだ。干し芋は切ってそのまま干す「白干《しらぼ》し」と、茹《ゆ》でて乾燥させる「茹で干し」があるが、この風変わりな料理では茹で干しを使うと教えられた。

そこまで言った高丸が、そのまま黙ってしまった。「いかがなさいました」と信吾が訊いても、高丸はすぐには答えない。しばらくしてちいさな声で言った。

「田舎で食べたときの味を思い出しましてね。江戸では食べられないと思うと、恋しくて切なくてたまらなくなって……」

そう言って高丸がゴクリと咽喉《のど》を鳴らしたのは、唾とともに田舎への思いを呑みこんだからだろう。

見世を弟に任せたとは言っても、信吾は料理屋の長男である。相談客の高丸から思いもしなかった異郷の料理や、その素材と調理法などを教えられて、全身の血が煮え滾《たぎ》るとの表現が大袈裟《おおげさ》でないほど興奮してしまった。

それは高丸の話し方がていねいで正確だったからだろう。食べたことのない食材と調理法であっても、次第にその味や匂いが感じられるようになったのである。思い描くだけなので、「どことなく」どまりなのがもどかしくはあったが。

信吾は熱心に耳を傾け、そしてさらに知りたいとの思いから問いを繰り返した。高丸もまた自分が知っていること伝えたいことに、打てば響くように反応する信吾に、夢中になって語り続けたのである。

信吾は一合で心地よく酔って、二合入ると顔が赤くなってしまう。ところがいつもより速い速度でついつい呑み進み、いつしか三合を超えていた。

「まあ、いいご機嫌だこと。頬がすっかり桜色に染まっていますよ。楽しいお話が弾んだようですね」

「楽しいと言えばまさに楽しかったね。相談事といえば気が滅入《めい》るものばかりだ。八方塞がり状態で二進《にっち》も三進《さっち》もいかずに四苦八苦し、七転八倒しながら藻掻《もが》き抜いた末に相談に来るのだから当然だけど」

「それほど楽しそうなのは、よほど風変わりな相談事だったのですね。信吾さんは難問を快刀乱麻を断つごとく、電光石火の早業で解決なさったのでしょう。是非伺いたいわ」

言われて信吾は固まってしまった。それを見た波乃はなんとも楽しくてならないという、まるで噴き出しそうな顔になった。波乃を笑わせるためにそうしていると思ったのかもしれない。ところが信吾にまるで変化が見られず、硬いままの表情なので、笑いが次第に消えてゆく。

「あはははは」

突然の弾《はじ》けるような信吾の笑いに、波乃の顔が強張《こわば》ったのは当然かもしれない。思ってもいなかった信吾の反応で、強い不安に囚《とら》われてしまったのだろう。

「ごめん、びっくりさせてしまったね」

謝りながら信吾は、さらに激しく笑い続けた。笑いはしばらく消えなかったが、ようやく鎮まったと思うと、信吾は懐から手拭いを出して目を押さえた。

「波乃に訊かれて初めて、相談事を訊き忘れていたことに気付いたんだ。なんのために美馬に行ったのかわからないとなると、笑うしかないじゃないか」

「まさか。そんな」

「まさに、まさかと言うしかない。相談事を聞かせてもらわなかっただけでなく、それを訊かずにいたことに波乃に気付かされたんだからね。それもたった今だよ。酒を呑みながら話を聞いているうちに、わたしはほかのことはすっかり忘れてしまっていたのだ」

「冗談ではないみたいですね」

「冗談ならどれだけ気が楽かしれない。やっちまったんだよ、相談屋を始めて以来の大失態だな」

波乃が呆気《あっけ》に取られていると、信吾は右手を鼻のまえに立てて、「堪忍しておくれ」とでも言うように片手拝みをした。

「相談事に呼ばれながら、高丸さんの話があまりにもおもしろいので、なにに悩んで相談に来たのかを聞かずに帰って来てしまった」

「まあ、呆《あき》れた」

「波乃としてはそう言うしかないだろう。わたし自身呆れ果てているもの。『おやこ相談屋』の、最初の大事な仕事だというのに」

ここがいかにも波乃らしいところだが、遣り取りをしているうちに急速に冷静さを取りもどしていたのである。

「たしかに大失態と言うしかありませんね、このまま終われば。でも信吾さんはそんな人ではありません。これまで何度も危機を乗り越えてきた、いえ、思いもしない良い結果に結び付けてきた人ですから」

「気楽に言わないでくれよ、自分が一番よくわかっているんだから」

「高丸さんがなにを相談したかったのかを忘れてしまうくらい楽しかったとすれば、『おやこ相談屋』にとってこれほど幸先《さいさき》がいいことはないではありませんか。新しい相談屋の門出、船出ですからね。こんな素敵なことは考えられませんよ」

波乃の言葉が、どれほど信吾の気持を楽にしたかしれない。

「相談事はともかく、高丸さんは味のある人でね。波乃にも正吾にも紹介したいと思っているんだ。相談事は次回に聞くとして」

信吾はそう前置きして、高丸との遣り取りのあれこれを波乃に話したのだった。

四

「お便りをいただき恐縮です。信吾さんに詫《わ》びられると却《かえ》って申し訳ないですが、礼を失しているとすればむしろわたしのほうだと思っておりました。相談したきお願いがあるとの理由でご足労いただきながら、他愛ない話に終始してしまいましたから。どうかご寛恕《かんじょ》いただきますように」

美馬で落ちあうなり高丸にそう言われ、取り敢えずではあるにしても、信吾としては肩の荷がおりた思いがした。

高丸との初対面の日、家に帰って波乃に指摘され、相談事についてまるで失念していたことに信吾は愕然《がくぜん》となった。高丸との会話が思いもしなかった田舎料理の素材や調理法に及び、しかも次々とおもしろい話題を呼び起こす。信吾はなんとも楽しくてならず、酒を早くから、しかもいつになく呑んでしまった。もっともそれを理由にしてはならない。

相談屋でありながら、そのような失態を招いたことで、信吾はひどい自己嫌悪に陥っていた。しかし相談屋としての今後にも関わるので放置できないと、なにはともあれ高丸への詫び状の筆を執ることにしたのだ。

翌朝、日課の鎖双棍のブン廻しと木刀の素振りを終えると、信吾は常吉の棒術の攻防の連続技を見て良否を指摘した。続いて柔術の組み手を教えたのである。

食後は将棋会所には出ず、母屋の八畳間でひたすら高丸への手紙を認《したた》めた。弁解じみるのは止《や》むを得ないが、なるべく淡々と自分の至らなさを綴《つづ》ることに専心した。

信吾は高丸の住まいを知らないので、直接「美馬」に届けるしかなかった。

五ツ半（九時）に書きあげたので、見直してから将棋会所に顔を出した。いろいろ考えた末に、八ツ半（三時）ごろ美馬に持って行き、あるじに渡そうと思ったのである。

前回、高丸と会ったのは七ツ半であったが、そのときすでに客は入っていた。となると遅くとも七ツには仕込みを終えているということだが、あまり早いと食材の買い出しからもどっていないことも考えられた。そのため、一番たしかと思える八ツ半にしたのである。

「高丸さんの連れの方でしたね」

信吾の顔を見るなりあるじはそう言ったが、これで高丸が偽名でなく本名だとわかった。常連かどうかはともかく、ある程度は顔を出していることも確認できた。

「黒船町の信吾と申します。連絡したいのですが住まいを知りませんので、高丸さんがお見えになったらこの手紙を渡してくださいませんか。手紙にも書きましたが、できればここで会いたいので、都合のいい日時を報《しら》せてもらいたいと伝えてほしいのです」

翌朝、伝言箱に紙片が入れられていたということは、信吾があるじに手紙を託した日も、高丸は美馬で呑んだということになる。伝言箱を利用するくらいなら、家に寄ってくれたらよかったのにと残念な思いがした。

いずれにせよその夜の七ツ半に、信吾は美馬で高丸に会うことができたのである。

「実はつい先日まで、家内と『めおと相談屋』の名でこの仕事をやっておりましてね」

最初の遣り取りが終わると、信吾はそう切り出した。自然に相談事に話を持って行きたかったからだ。

信吾がおもに男、波乃が女と子供の相談客に対していたが、「おやこ相談屋」に名を改めても基本的な部分に変わりはない。だからお互いの受けた相談は、その都度伝えるようにしている。なぜならなにかの事情で不意に相談客がお見えのとき、事情がわかっていないと対応できないからである。

「ということで、高丸さんのことは家内にも話しました。すると家内が会いたいと言いましてね。今日にもいっしょにと思ったのですが、ご都合を伺うこともせずに、そんなことはできませんので」

「遠慮はご無用ですよ。信吾さんの奥さまでしたら、こちらからお願いしたいほどです」

「きっと大喜びすると思います。でしたら日を改めて、高丸さんのお連れさまと四人でお会いしましょうか」

「残念ながら三人で、ですね。四人でお会いできるのは少し先にしていただかないと」

相手は決まっているが、いっしょになるにはまだ時間が掛かるということのようだ。

「わかりました。その日を楽しみにしています。ところで先日の相談事ですが、高丸さんの悩みを解消するには、どのような問題でお悩みなのかを伺いませんことには」

「相談屋さんですから当然でしょう」

「と言って、咽喉元に九寸五分を突き付けるつもりはありません。悩み事は一様ではないですから」

「信吾さんのような寛大な対し方では、問題の解決に時間の掛かることもあるのではないですか」

「そうかもしれません。ですが曖昧で遠廻りとしか思えないのに、終わってみれば無駄が省けて時間が掛からなかったということが、意外と多いからふしぎです」

「わたしの場合がまさにそれかもしれませんね。ただ、今の時点ではあまりにも取り留めないですから、処置の仕様がないかもしれませんけれど」

先日の遣り取りと今日のこれまでの運びのちぐはぐさから、なにが導けるだろうか。

信吾は素早く洗い直した。高丸という二十歳前後と思われる若者は、果たしてどんな人物なのだろう。これまで接してきて、信吾は奇妙な思いに囚われた。

言葉遣いはちゃんとして、礼儀作法はできているし、普段あまり使わない「寛恕」などの言葉が会話に出ることからして、学問の素養があると思われる。そんな男がいかなる悩み、いや理由があって相談屋にやって来たのか。それがわからないので、訊き出さなければと水を向けたがはぐらかされてしまった。

じっと見ていることに気付いたのだろう、高丸は信吾を見てからすぐに顔を伏せた。しばらくして顔をあげると、朗らかと言っていいほどの明るい笑いを浮かべた。

「お会いするのは今日で二回目ですが、信吾さんにはおわかりなのではないでしょうか」

「と言われましても」

「わたしが相談をできる状態にはないということを、です」

「なぜ、そのように断言できるのでしょう」

「わたしはわれ知らずのうちに、信吾さんに対して曖昧にしてきたことに気付きました。相談屋さんでしたら、なぜそうするのかが、これまで多くの人に接してきて、おわかりなのではないかと思いましてね」

「今の話の答になるかどうかはわかりませんが、たしかにわたしなりに感じたことはあります。高丸さんは新たなこと、画期的なこと、高丸さんにしかできないことがあるはずなのに、それが明確にわからない状態にあるのではないかと、そんな気がしました。なんとしてもやりたいのに、やりたいと思うだけで、それが見えない。いや、ぼんやりとは感じられているのでしょうが、自分はこれをやりたいんだという事柄がはっきりしないので、もどかしいということでしょうかね。程度に差はあっても、そういうことで悩んでらっしゃる若い方はけっこういます。などと無責任に申してはいけません。真剣に考えている高丸さんにとって、失礼ではすまないですよね。無礼としか言えません」

考えがまとまらない振りをして、信吾はわざと心を掻き乱すような言い方をした。ところが黙って聞いていた高丸は、信吾が話すことに何度もうなずいたのである。

信吾が話し終えると高丸は言った。

「お訊きしてもよろしいでしょうか」

「なんなりと」

「信吾さんが始められるまでは、相談屋という仕事はなかったと聞きました。それまでだれもやらなかったことを、なにをきっかけに始めたのですか。始めたときには、それが仕事として通用すると確信されていましたか」

自分も相談屋をやりたいので、それを訊きに来たのだろうかとの思いが一瞬だが頭を過《よぎ》った。しかし信吾は直ちにその思いを追い払った。もし高丸がそういう気で来たのなら、二回目の今日、それも今時分になって切り出すとは思えない。

以前にも相談屋を開きたいために接触してきた男がいたが、来てほどなく仕事の実際に関して矢継ぎ早に質問を繰り出した。高丸がその気なら、最初からその方向に話を持ってゆくだろう。そうではないと確信したので、信吾は幼き日の大病に始まり、相談屋を開くに至った経緯には触れないことにした。

「答にはならないと思いますし、きっかけと言えるかどうかわかりませんが、ともかくやりたかったのです。通用するかどうかなど、考えることもしませんでした。本当にやりたいと思えば、仕事になるかどうかを考えるより、まず始めるのではないですかね。始めない、始められないのは、熱意が欠けているからだと思います。どうしてもやりたいなら、やるしかないではありませんか。うまくいかなければ、そこで軌道の修正をして、形になるまでそれを繰り返すと思います。ですが、ぼんやりとしか見えていなければ、踏ん切りが付けられません。動き出せないし、動いたとしても失敗するだけでしょう。ですからそういう状態の高丸さんには、わたしとしては助言することはできないのです」

言い切った信吾に高丸は笑顔を向けた。

「安心しました。信吾さんは本物だとわかりましたよ。無礼なやつだ、などと思わないでください。実はわたしは信吾さんのおっしゃった、まさにそのとおりの状態でして、なにもできぬ自分に悩んでいたのです。自分にはやるべきことがあるはずで、であればそれに邁進《まいしん》しなければならない。そのために江戸に出て来たのに、いくら藻掻いても確《しか》としたそれが見えない。見つからないのです。なんのために江戸に出て来たのだと、自分の頭をなんども殴りましたが、それでわかるくらいなら世話はありません。しかし信吾さんとお話しできて、ようやくはっきりと見えました。ありがとうございます」

高丸の顔は見ちがえるほど明るくすっきりしていた。かれなりに納得できたのだろうが、信吾はそうもいかず混濁したままだった。

「となると、信吾さんにお願いが」

「ご相談に十分お応えできておりませんのに、新たな相談となりますと負担がおおきすぎて請けかねますね」

「皮肉は勘弁してください。信吾さんは黒船町で相談屋と将棋会所をやってらっしゃいますが、見せていただきたいのです。いえ、迷惑は掛けません。黙って見学させていただくだけですから」

「わかりましたが、お見せできるのは将棋会所だけです。相談のお客さんがお見えの折には母屋で応対しておりますが、そちらはお見せできません。相談事はどんなことがあっても、洩《も》らしてはなりませんから。普段は将棋会所に詰めております。相談事で出なければならないことがありますので、予《あらかじ》め日時を指定していただければ」

「明日の八ツ（二時）はいかがでしょう」

「かまいませんが、高丸さん、お仕事のほうはよろしいのですか」

「信吾さんはわたしの仕事がおわかりですか。二度会って少し話しただけですが、相談屋さんだからおわかりでしょうね」

「そんな無茶は言わないでください。見当も付かず、想像もできませんよ」

「居候です。胸を張って言えることではないし、仕事とは言えませんけれど」

「羨ましい。できるなら替わってもらいたいものです」

「居候も楽ではないですよ。一年も続けたので、飽きてうんざりしています」

ギャフン、してやられた、と言うしかないではないか。

五

高丸は几帳面《きちょうめん》な性格であるらしい。次の日の時の鐘がまだ八ツを告げているときに、鐘の音を背負うように将棋会所にやって来た。その日は手習所が休みなので、子供たちが集まる日であった。

常吉の淹《い》れた茶を飲みながら、信吾は奥の六畳間で将棋会所について簡単に説明し、訊かれたことに答えた。そして板の間でのハツと紋の対局のさま、続いて八畳と六畳の大人客たちの対局風景や、壁に貼られた料金表、禁じ手などの約束事、前年の大会での上位入賞者一覧などを見せた。

前日、迷惑は掛けないと言ったこともあるからだろうが、奥の六畳間を出てからは、高丸は終始無言を通した。

二人が六畳の板の間にもどったときにはハッと紋の勝負は終盤を迎えており、ほどなく指し終わって検討に入った。子供たちは見知らぬ高丸がいるのでしばらくは控え目にしていたが、すぐにいつもと変わらぬにぎやかさになった。高丸は興味深げに遣り取りを見ていたが、頃合いだと思ったころ目があったので、それを潮に二人は席を立った。

信吾は大黒柱の鈴を鳴らした。波乃には当然だが話してあるので、すぐに迎える態勢を整えるはずだ。信吾は甚兵衛と常吉に、母屋に移ることを目顔で知らせた。

信吾が高丸に波乃を紹介すると、母の繁《しげ》が持って来てくれた栗饅頭《くりまんじゅう》をいっしょに食べて茶を喫した。当たり障りのない会話をしたが、ひと区切り付いたころ高丸が信吾に話し掛けた。

「将棋会所はとてもいい雰囲気でしたが、当初からあのようだったのですか」

「いえ、始めたころはご隠居さんがほとんどでしたので、なんとも陰気でしたね。だれもが無口で、口を開いても訳のわからぬことをぼそぼそとつぶやくばかり。陰々滅々としていましたよ」

「どのような手を使って、今のような活き活きした場に変えられたのですか」

「なにもしませんでしたし、できませんでしたが、とても幸運な出来事がありまして。わたしも驚くほど短いあいだに、枯木に花が咲いたのです」

「信吾さんがなにもなさらぬのに、ですか」

「そうなんです」

「花咲か爺さんが現れたのですね」

「はい。ある日、十歳の女の子が祖父に連れられてやって来まして」

「先ほど指していたあの子ですか」

「二人いたうちの年上の子ですが、強いですよ。のちに女チビ名人の渾名を付けられましてね。二年前で十歳でしたが、女の子としては信じられぬほどの腕に驚かされました。それを知った近所の男の子が通うようになって、すると十代、二十代、三十代の若いお客さんも次第に増えたのです」

「さっと見せてもらっただけですが、まさに理想的な将棋会所だと思いましたよ。子供が活き活きしているだけでなく、大人までもが楽しそうですもの。将棋会所は、いやどこだって、だれだって、なにかをやるなら、ああでなければならないと思います」

言葉を選びでもするように区切りながら、高丸はやけに熱っぽく語った。

「そんなふうに感じていただけたとしたら、とてもうれしいです。少しずつ自分が思い描いていた将棋会所に近付いていると、そう感じてはいましたが」

「将棋会所を見せていただいて、昨日、信吾さんに言われたことが実感できました」

「わたしの言ったことが、ですか」

強い興味を示したのがわかったからだろう、高丸は波乃にうなずいて見せた。

「信吾さんが、わたし本人よりわたしのことがわかっているので、心底驚かされましてね」

「まさか」と笑い掛けて、波乃はあわてて口を押さえた。

「まず、こう言われました。わたしは新たなこと、画期的なこと、わたしにしかできないことがあるはずなのに、それがはっきりとわからない状態にあると指摘されたのです。まさにそのとおりでした。そういうことで悩んでいる若い人は多いとも言われましたが、多くの相談を解決してきたからこそ、わかることなんだと納得できましてね」

波乃は顔を輝かせてうなずいた。

「すると高丸さんがなさりたいこと、ご自分にしかできないことがなにか、おわかりになったのですね」

「だといいのですが、信吾さんに言われたことがわかり、なるほどと納得できただけです。こうも言われました。本当にやりたいと思えば、まず始めるはずだ。始めない、始められないのは熱意が欠けているからだと」

波乃の口癖ではないが、信吾は「まさか」と言いそうになった。なんとか高丸に気持を伝えたかったのだが、本人の口から聞くと随分と厳しいことを言っていた。悩み事は一様でないので、咽喉元に九寸五分を突き付けるようなことはしませんと言っておきながら、突き付けていたに等しい。

苦笑しながらも、信吾は惚けずにいられなかった。

「そんなに強《きつ》いことを、わたしが言いましたっけ」

「まちがいありません。言われたことを思い出しては、わたしは何度も心の内で繰り返しましたから。いえ、正直に言っていただいて、感謝しているのですよ。そしてさっき、将棋を指す子供たちの嬉々《きき》とした姿を見て、自分にはなにが欠けていたか、はっきりとわかりました。信吾さんのお話を伺って、将棋会所を見学させてもらって本当によかったです。ありがとうございました」

「いや、お礼を言われても困ります。思ったこと、感じたことを言っただけで、高丸さんの悩みをなに一つとして解決できていないのですから」

「でも指摘していただいたことすら、わたしはわかっていなかったのですから。これをもとに、自分を見詰め直してみますよ」

「こんなときこそ、あの手が活きるんじゃないかしらね、信吾さん」

「あの手、と言われますと」

信吾より先に高丸が話し掛けたのは、波乃の言った「あの手」によほど興味が湧いたということだろう。

「相談事が煮詰まったときとか、堂々巡りになって先に進まないときには、横に置いちゃうんですよ」

「横に置く、ですって」

「そうなんです。悩み事に触れずに、まるで関係のない話をします」

高丸が戸惑ったような顔になったのは、そんなことが悩みの解消に役立つはずがないと思ったからかもしれない。

「まるっきり無関係な話をするでしょう。ところがふしぎなもので、頭の奥のほうではそのことを考え続けているみたいなんです」

「無関係な話と言われても、例えばどのような」

「そうですね。高丸さんのお名前は、付けられたときに、曰《いわ》くがあったような気がするのですけど」

「そんなふうに思われたのですか、波乃さんは」

「やはりそうだったのですね。もしかすると、くらいの気持で言ったのですけど」

「芝《しば》の増《ぞう》上寺《じょうじ》の北側に愛宕山《あたごやま》があります」

「愛宕神社のある」

「あれはいわば出店みたいなもので、大本《おおもと》は京都の愛宕山にあります。都の北西になりますけど。京都の人は愛宕さん、と親しみを籠めて呼んでいるそうです。愛宕やま、ではないのですね」

「あッ」と、言ったのは波乃であった。「高丸という山があるのですね」

「そうなんです。それを地元ではだれもが、高丸やまではなく高丸さん、と呼んでいます。だれだれさんと言うように親しみを籠めてね。高丸山はわたしの故郷の美馬からは南に位置しますが、父はその山に登ったときに、なんともいえぬ安らかな気持になったそうです。高さは五百丈（一五〇〇メートル強）には足らないと思いますが、高くて頂は丸みがあるそうです」

「それで高丸山。お父さまは、次に生まれる子は高丸と名付けようと」

「そうなんです。高丸やまではなくて高丸さんと、親しんで呼んでもらえるような人になってほしいと。それなのに」

「応えられていると思いますが、高丸さんは。それにこれからは、もっと応えられるではないですか」

そのとき浅草寺弁天山の時の鐘が、夕七ツを告げた。

「あら、もうこんな時間だわ。あっという間にときは流れてしまうのね。高丸さん。すぐに用意しますので、お食事をごいっしょなさってください。楽しいお話をもっと伺いたいですから」

「ありがとうございます。ですが約束がありますので、すぐに出なければなりません。また寄せていただきます。本当に今日はありがとうございました」

信吾と波乃に頭をさげると、高丸はあわただしく帰って行った。

六

高丸が黒船町の借家にやって来たのは、それから十二日も経《た》ってからであった。

別れたときの口振りから日を置かずに来ると思っていたが、信吾と波乃が待ち受けているのに一向に姿を見せない。すぐに会えると思っていたので、信吾は高丸の住まいを教えてもらっていなかった。

ただ二回目に美馬で会った折、高丸は居候をしていると洩らしている。そのとき三十《さんじっ》間堀《けんぼり》一丁目にある、遠縁の藍玉問屋に世話になっていると言っていた。

いくら遠縁であろうと一年も居候させてもらっているとなると、高丸の実家はかなり裕福な旧家なのだろう。その問屋には父親か長兄から、かなりの金が届けられているにちがいない。

三十間堀には藍玉問屋が何軒もあるそうなので、出向いて問いあわせればわかるだろうが、それはしないことにした。あのように言っていたのだから、都合さえ付けば高丸は来るはずである。来ないのはどうにも時間が作れないとか、なにか事情があるからにちがいない。

呑み屋「美馬」のあるじに訊いても、おそらく教えてくれぬはずだ。

大黒柱の鈴での波乃からの合図で母屋に帰った信吾が見たのは、高丸だけではなかった。若い女性が寄り添っていたのである。柳の葉に似た優美な眉と切れ長の目をした、おだやかだが品のある顔立ちであった。しかし芯に強いものを持っているように感じられた。

信吾が四人で会いましょうと持ち掛けたとき、今は三人でと高丸は言った。まだそこまで仲が進んでいないと信吾は判断したのだが、どうやらその相手のようだ。だが迂闊《うかつ》なことは言えない。もし別人であれば、取り返しがつかないからである。

挨拶が終わると高丸は、信吾と波乃に女性の名が林《りん》だと紹介した。平仮名でも片仮名でもなく漢字の林ですと念を押し、深々と頭をさげたのである。

「信吾さんと波乃さんとは短いお付きあいでしたが、本当に楽しいひとときがすごせ、江戸での良い思い出ができました」

「なんですって、すると」

「そうなんです。実は明後日《あさって》の七ツ発《だ》ちで田舎に帰ることになりました。どうせ江戸を離れるなら、一生の思い出のためにも日本橋を七ツ発ちでと思いましてね。明日はあわただしいので今日、ご挨拶に」

「明後日の七ツに日本橋ですね」

「どうか見送りはなさらぬよう。お仕事もおありなんですから」

「すると、お二人で」

「わたしが山へ帰ることにしたと言ったら、いっしょに行くと言い張るものですから」

顔を赤らめはしたものの、信吾は林の指が高丸の腿《もも》を抓《つね》るのを見逃さなかった。となると、高丸が故郷へ帰ることにしたと打ち明けたあとで、二人の仲が急に進んだと判断していいのではないだろうか。相手の体を抓るのは、手を握ることなどとはまったくべつの段階に進んでいるからこそである。

「高丸さんのご両親はご存じなのですか」

波乃は林に気兼ねしながらも、そう訊かずにはいられなかったようだ。おなじ女性として、林のことを慮《おもんぱか》ってのことだろう。

「親や兄は驚くでしょうが、許してくれるはずです。奇妙としか言えない縁《えにし》もあることですから」

「縁とおっしゃると」

「家は苗字《みようじ》帯刀《たいとう》を許されているのですが、古くから二木《にき》を名乗っておりまして」

「あッ、それで」

信吾にはピンと来たが、波乃はすぐにはわからなかったようだ。

「だって二木の家に林さんだもの。うまくいかない訳がないじゃないか」

少しの間があってから波乃は顔を輝かせた。

「そうですね。二本の木を並べたら林ですもの。二木さんの家に、林さんほどふさわしい人は考えられませんよ」

林と顔を見あわせてから高丸が言った。

「信吾さんも波乃さんもすごいですね。奇妙な縁だけでわかったのだから。江戸を出るので何人もに挨拶に廻りましたが、だれも二木と林の関係に気付きませんでしたよ」

「わたしは幼馴染《おさなじみ》たちと、言葉遊びに夢中になった時期がありましたから。四字熟語ならぬ八字熟語作りとか、語呂合わせ、上から読んでも下から読んでもおなじの、回文作りなんかに励みましてね。言葉がなによりの玩具《おもちゃ》でしたから気付きましたが、波乃がわかったのには正直驚いています」

「夫唱婦随ですもの」

波乃が澄まし顔で言った。

「しおらしく言っていますが、信じちゃだめですよ」と、信吾は高丸と林に片目を瞑《つぶ》って見せた。「波乃は夫と婦を入れ替えて婦唱夫随で使っていますから」

高丸はまるで噺家《はなしか》がやるように額を掌《てのひら》で叩いてから、波乃と信吾を見、そして言った。

「あのね、林」

「はい。なんでしょう、高丸さん」

「先に、一人で美馬に行ってくれないかな」

まじめな顔で言われ、一瞬ためらってから林は言った。

「高丸さんがおっしゃるならそうしますが、二人がおなじことを感じたのでしたら、わたしは一人でまいる訳にいきません」

「おなじことを、だって」

「こんな楽しいお二人がいるのだから江戸を離れたくないとお考えなら、わたしもおなじ思いですから」

「見事に一本取られましたね」と、信吾は言った。「それにしても、高丸さんには驚かされっぱなしですよ」

すぐに来るといいながら、やって来たのは十二日目であった。しかも妻となる林を伴っていた。それだけならともかく、江戸を引き払って故郷に、山に帰ると言ったのだ。これが驚かずにいられるだろうか。

「とするとご自分がやるべきことが、はっきりとわかったのですね」

信吾より先に波乃が訊いたが、高丸はきっぱりとうなずいた。

「美馬で二度、信吾さんのお話を伺い、将棋会所を見学させていただきましたが、あの子供たちの笑顔で目が醒《さ》めました。大事なことは足許《あしもと》にあるのに見ようとせず、江戸に出てなにかをやろうと意気込んでいた自分に気付かされたのです」

「足許にありましたか、大事なことが」

「林と二人で寺子屋、手習所ですね。それをやることにしました。学問も大事ですが、しっかりした考え方を持たねば物事は達成できないと思います。それをじっくりと教える、いえ、子供たちにわかってもらえるよう、根気よく励もうと思っているのです」

信吾は高丸の考えがたしかなことがわかって安堵《あんど》したが、それを貫き通すのは容易でないだろう。

「とても大事なことですね。ただ、簡単にはいかないと思いますが」

「そのときは、あの日の子供たちの笑顔を思い出すようにします。楽しくなければ学ぶ意味がありませんから。いけない、うっかり忘れるところでした。今回のお礼、いえ、相談料です」

高丸は懐から紙包みを取り出して、信吾と波乃のまえに滑らせた。かなり包まれているのがわかる。

「そんなにいただいてよろしいのですか。ほとんど高丸さんがご自分で、気付かれたことのはずですが」

「田舎ではそれぞれの家で豆腐を作りますが、煮た大豆の搾り汁にニガリを入れて固めるのです。わたしが気付いたとおっしゃいましたが、信吾さんがニガリの役目を果たしてくれたから、わたしのあやふやだった思いが形になったのだと思います。それと信吾さんに背中を押されたことで、良き伴侶も得られましたから、少ないくらいだと思っているのです」

林が満面の笑みでうなずくと、波乃もおなじようにうなずいた。

「そういうことでしたら、ありがたくいただくことにいたします」

江戸を発つためにまだしなければならないことがあるとのことなので、信吾と波乃は日光街道で高丸と林を見送った。

翌朝、母屋側の伝言箱に、信吾と波乃宛の次のような紙片が入れられていた。どうやら、知り合いに頼んで入れてもらったようだ。

嘘《うそ》を吐《つ》いて申し訳ありません。明日七ツに日本橋を発つと言いましたが、実は今日でした。お二人が見送ってくださるのがわかっていたので、仕方なく謀《たばか》りました。手紙に気付かれたときには、車町《くるまちょう》の高輪《たかなわ》の大木戸をとっくに越えております。悪しからずご了承のほどを。

お時間ができましたらお二人で是非、阿波国美馬の里にお越しください。二木は何軒かありますが、北分家の高丸だけでわかりますので。それではしばしのお別れです。再会を楽しみにしております。

末尾に高丸と林の名が並べて書かれていた。

「相談料の十両にも度肝を抜かれたが、そこへこの手紙だろ。高丸さんにはびっくりさせられてばかりだ。それにしても、ここまで徹底して驚かされるとはなあ」

波乃の反応がないので見ると、じっと文面に見入っている。信吾の視線に気付いて波乃が言った。

「阿波国美馬の里。行ってみたいですね」

「わかっているだろうに、むりを言わないでくれよ。相談に見えたお客さんの悩みは解決しなければならないし、将棋会所には客が毎日来るのだから」

「会所は常吉と甚兵衛さんにお願いすれば、なんとかなるかもしれませんよ」

「相談客はそうもいかない」

「今日明日で解決しなければならない悩みは、それほど多くないとおっしゃっていたではないですか」

「しかし悩みをなくし、軽くしてあげたいとの思いで始めた仕事だからね。それに相談客はいつ来るかわからないんだ」

そう言いながらも、信吾は頭の片隅で計算を始めていた。片道二十五日なら往復で五十日、美馬に十日滞在したとして六十日。波乃は出産を控えていて、生まれたら子育てに専念しなければならないのだ。

しかし子供が三歳か四歳になれば、波乃の実家の春秋堂で預かってもらえるかもしれない。あるいは宮戸屋の大女将《おおおかみ》、祖母の咲江が隠居していることも考えられなくはなかった。母の繁が女将、今は独身だが弟正吾の妻が若女将となれば、咲江は自分から曽孫《ひまご》の面倒を見たがるのではないだろうか。今すぐにはむりとしても、少し先ならなんとかなるかもしれない。

将棋会所は甚兵衛だけではきついので、桝屋良作と太郎次郎の三人に席亭代理を頼むとしよう。甚兵衛は家主なので席料は取っていないが、桝屋と太郎次郎からも徴収せず、なんらかの謝礼をすれば引き受けてくれるかもしれない。

あとは相談屋を二月《ふたつき》くらい中断できるかどうかだが、じっくりと検討すればいい方法を見付けられるだろう。一番いけないのは、簡単に諦めてしまうことだ。

「どうなさったの」

信吾が黙ったままなので、波乃が心配そうに訊いた。

「行けるとしても、四、五年先だろうな」

頰に紅が差したのは、波乃もとてもむりだと諦めていたからにちがいない。

信吾と波乃は、生まれ育った江戸を一歩も出たことがない。

信吾は柳橋《やなぎばし》の船宿の息子太郎吉《たろきち》と、大川だけでなく本所や深川《ふかがわ》の竪川《たてかわ》、横川《よこかわ》、小名《おな》木川《ぎがわ》や、それに連なる堀に漕《こ》ぎ出したことはある。波乃にしても桜や紅葉の名所に、家族や春秋堂の奉公人と出掛けたことはあっても、いずれも日帰りのはずだ。

相談屋と将棋会所を始めてからは、ちいさな旅さえ考えたことはなかった。将棋会所には毎日客が集まるし、相談客はいつ来るかわからない。困った末に相談に来るのだから、常に待機していなければならないのである。

伊勢《いせ》参りや大山《おおやま》詣での講に誘われたことは、これまでに何度もあった。講によってそれぞれ取り決めがあるようだが、信吾が誘われた講では、毎月、少しずつ金を積んで五、六年に一度、十人前後で旅に出る。それを楽しみに日々仕事に汗を流す人も多いが、信吾は頭から断った。相談屋をやる以上、考えることもできなかったのだ。

だが高丸の手紙を読んで、不意にそれでいいのかと問われた気がしたのである。もちろん相談客と将棋客は大事であった。なぜなら人のためだけでなく、自分の生活の活計《たずき》でもあったからだ。

だからといってそれに縛られていては、生涯江戸を出ることなく、つまりほかの世界を知らずに一生を終えることになる。人の悩みや苦しみを解消したいと思っていながら、江戸だけしか知らなくてそれでいいのだろうか。多くの人の悩みは日々の出来事に起因したものだろうが、その範囲に収まらないものもある。そのためには少しでも広く、多くの事柄を知っていなくてはならない。

信吾は思わず苦笑した。阿波国の美馬を訪れるための理由を、探しているのがわかったからである。

それにしても高丸が山に帰ると言っただけで、おそらく無条件だったと思うが、林がいっしょに行くと言ったのだ。それだけでも信吾と波乃が日々を忘れ、いやちがった、より豊かな明日を築くために、一度は訪れるべき土地と言えるのではないだろうか、阿波国の美馬は。となると、その日に向かって精進しなければならない。

問題は相談客にいかに対するかだが、大部分の客は時間を掛けても解決できればいいと考えている。だがなかには短時日で、できれば今日明日にも処理しなければ破滅する客もいた。六十日、二ヶ月の旅を楽しむためには、その問題を解決しなければならないのである。

四、五年も先のことなら、それまでに解決策を見出《みいだ》せるだろう、と楽天家の信吾は自分に言い聞かせたのであった。

サトの話

一

手習所を下山（修了）した齢《とし》だから信吾は十二歳であった。母に頼まれた買い物をして、並木町《なみきちょう》から帰る途中だったと記憶している。

「信ちゃん、だったっけね」

相手が見知らぬ女性だったので、返辞をせずにまじまじと見てしまった。半白の髪をしたお年寄りだが、見知った顔ではない。

しかし信吾が知らないだけかもしれなかった。遊び仲間やおなじ手習所に通っている手習子の祖母や親類の人であれば、迂闊《うかつ》な返辞はできない。料理屋の息子、特に長男ともなればどんな人にもちゃんと接するよう、常日頃から両親や祖母に言われていた。

「おや、ちがったかね。東仲町の宮戸屋さんの信ちゃんだと思ったんだけど」

あるいは店のお客さんかもしれず、となると慎重に受けざるを得ない。

「はい。宮戸屋の信吾ですが」

「ああ、よかった。びっくりさせてすまなかったね」

「いえ。もしかして、宮戸屋のお客さまでしょうか」

見世に来て信吾を見掛けたのだが、うろ覚えだったのかもしれないと思ったのである。

「だったら大威張りだけど、あたしら貧乏人にはそんな贅沢《ぜいたく》はできないわよ。宮戸屋さんは浅草で一番、江戸でも五本の指に入る料理屋じゃないか」

「でも、どうしてわたしのことを」

「そのうちに女の子を泣かせるようになるだろうと評判の、いい若衆《わかいし》だと聞いていたからピンときたのさ」

噂《うわさ》を耳にしただけで声を掛けてきたのなら、興味本位ということで、これほど迷惑なことはない。それに十二歳に対して、いい若衆はいくらなんでも言いすぎだろう。

「からかわないでください」

気分を害した振りをしたが、相手はまるで動じなかった。

「うぶだね。首筋から耳まで真っ赤にしてる。なるほど、これじゃまちがいなく娘っ子が騒ぐようになるわ」

「失礼ですが、お名前を伺ってよろしいでしょうか」

厄介なことになりそうなときは相手の名をたしかめておくように、というのも両親や祖母の口癖だ。

「こりゃ悪かったわね。信ちゃんだなんて馴《な》れ馴《な》れしく呼んどきながら、こっちの名を言わなきゃ、それこそ失礼だもんね。サトよ。里心のサトなら可愛《かわい》げがあるけど、どうせ里芋のサトだろうよ」

なにがおかしいのか、サトはけらけらと笑った。

それが話した最初で、かれこれ十年もまえのことだ。サトという名こそわかったが、どこのどんな人だかはわからないままだった。

サトとはそれからも時折、大川端や浅草寺の境内、夜店などで顔をあわせたことがあった。信吾が一人か仲間といっしょだと、「信ちゃん、元気にやってるようね」と親しげに声を掛けてくる。

「信吾は年上の女にもてるなあ」

「年上たって年上すぎるだろう」

「若いころは年上の女に可愛がってもらい、自分がいい齢になったら娘っ子を可愛がれって言われたぜ。いよッ、信ちゃん色事師、後家殺し」

竹輪の友にはさんざんからかわれたものだ。

しかし家族のだれかが傍《そば》にいると会釈するだけで、その辺りはサトも心得ていた。どうやら浅草近辺の住人らしいが、住まいとか家族のことなどはわからないままであった。

信吾にはサトの年齢の見当が付かない。四十代半ばはすぎているだろうが、六十代半ばにはなっていないのではないか。しかしそれでは二十歳もの開きがあって、まるで意味をなさないのである。

料理屋の女将《おかみ》である母の繁や大女将の祖母咲江は、商売柄だろうが前後一歳から、ちがっていても二歳の誤差で当てることができた。信吾には女性の年齢をまちがわずに言えるのは、人智《じんち》を超えた神業《かみわざ》としか思えない。

浅草寺の境内では木箱に腰掛けたお吉《きち》さんが、「一袋四文。鳩《はと》の豆。功徳なされませ」と言いながら餌入りの紙袋を売っている。白髪で背の曲がった婆《ばあ》さんだが、信吾が最初に見たのは四、五歳のころだったはずだ。それから十七、八年になるが、当時とほとんど変わっていない。信吾にとってお吉さんはあのときすでに老婆で、そのままずっと老婆であり続けている。


ところでサトだが、しばらく姿を見掛けなかったのである。

信吾が久し振りに会ったのは、「よろず相談屋」と将棋会所「駒形」を開いた年であった。

何年かまえに見たときと較《くら》べ、サトはほとんど変わったようには思えなかった。白髪が増えたようだが、それも敢《あ》えて言えばというくらいでしかない。サトの住まいがわかったのも、実はそのときである。

開いたばかりの相談屋に客は来なかったので、打ちあわせや調べ事で出ることもない。

将棋会所を併設しているためもあるが、たまに宮戸屋に行くほか信吾はほとんど外出しなかった。

黒船町の借家を出て西に進むと、日光街道に突き当たる。右折して北へ進み、雷門まえで西に折れると浅草広小路で、ほどなく宮戸屋が見えてくる。だが信吾は大川端を上流へと向かい、吾妻橋で西に折れる道を取った。距離はかなり遠くなるが、乾いた馬糞《ばふん》の落ちた埃《ほこり》っぽい街道を行くより、川面《かわも》を見ながらなのでよほど心が落ち着くからだ。

黒船町に移って数日後、宮戸屋からの帰りに大川端を帰っていて、信吾は諏訪町で声を掛けられた。日光街道を挟んで東西にある東側の諏訪町の、それも大川沿いのほうである。

「信ちゃん、……じゃなかった、信さん」

久し振りに聞く声であった。見れば仕舞屋《しもたや》のまえに置かれた、径も高さも一尺（約三〇センチメートル）ほどの丸太にサトが坐《すわ》っていた。途中で言い直したのは、思いも掛けぬほど信吾の背丈が伸びていたからだろうか。

「サトさんじゃないですか、お懐かしい。何年振りになりますかね」

「随分と久し振りだよ。お元気でなにより」

「サトさんこそお変わりなく。でも信ちゃんでいいですよ、これまでどおり」

「見ちがえるようないい若衆になったんだもの、子供みたいに信ちゃんなんて呼べないだろ。あッ、そうそう」と、サトは手を上下に振った。「信さん、相談所と将棋屋を始めたんだってね」

相談屋と将棋会所だが訂正はしなかった。年輩の人の中には、まちがう人がけっこう多かったからだ。

「ええ、黒船町で」

相談屋と将棋会所を開いてまだ数日しか経っていないのに、久し振りに会ったサトが知っていたので信吾は驚いた。

「近くて便利だけど、あいにくと相談に乗ってもらうことはないだろうね」

「困りごとがないということですから、それがなによりですよ。ところで、こちらがサトさんのお住まいですか」

背後の平屋を示すとサトはうなずいた。

亭主は田原町《たわらまち》三丁目の足袋と股引《ももひき》を商う見世に奉公しているが、番頭に昇格するなりサトといっしょになった。そして見世を出てこの家を借り、通いになったとのことだ。

奉公人は小僧から手代、そして番頭になっても住みこみを続け、せっせと金を貯《た》めて四十歳前後で自分の見世を持つ者が多い。妻帯はそれからであった。

早くサトといっしょになりたいために通いの番頭になったことを、亭主はひどく後悔しているとのことだ。ちいさくてもいいから自分の見世を持つべきで、通いだと飼い殺しも同然だと、ことあるごとに愚痴をこぼすらしい。

そのため二人の息子は、それぞれ住みこみで働いている。奉公している商家はちがっているが、兄は番頭、弟は手代だとのことだ。

それからも時折、信吾はサトを見掛けることがあった。サトは信吾に気付くと必ず声を掛け二言三言話すが、まず世間話の域を出ることはない。

ところがほどなく、サトは亭主に死なれたのである。おなじ町内なら連絡があっただろうが、それを知ったのは弔いが終わって数日後であった。信吾は線香代を包んで渡すにとどめた。

サトはわずかな蓄えと内職で喰《く》い繋《つな》いでいるらしかった。長男か次男が自分の見世を持てば面倒を見てくれるかもしれないが、まだ奉公の身なのでいつになるかは見当も付かない。もしそうなったとしても、商売がうまくいってのことになる。

亭主を亡くして先々の不安もあるだろうに、サトはだれにでも気さくに挨拶して笑顔を振り撒《ま》いていた。二人の息子は奉公中なので孫はいない。サトは家のまえに置いた丸太に坐って近所の子供を遊ばせ、かみさん連中と世間話に興じることが多かったようだ。

二

「信吾さん、信吾さん」

信さんでも、ましてや信ちゃんでもなく、正式に名前を連呼されて、信吾は驚かざるを得なかった。サトにその名で呼ばれたのが、黒船町に移って初めてだったからだ。

「なんですか、サトさん。改まって」

「改まりもするさ。信吾さん、お嫁さんもらったんだってね」

「え、ええ」

波乃といっしょに暮らすようになって二、三日めのことである。両家の家族だけで仮祝言を挙げたばかりであった。

サトにすれば、男は妻帯してはじめて一人前ということなのだろう。だから信ちゃんが信さんを経て、信吾さんに昇格したということらしい。

おなじ町内の人でも夫婦になったことを知らないのに、隣町のサトが知っているのがふしぎでならなかった。

「知らんぷりするなんて水臭いじゃないの。今度、嫁さんの顔くらい見せてよ。減るもんじゃないんだからさ」

そんなふうに言われたら厭《いや》だとは言えないが、二人で揃《そろ》って出ることなどほとんどなかった。サトに波乃を会わせたのは、十日近く経ってからである。

丸太に坐っているサトに先に気付いたのは信吾だが、波乃を伴っていることもあってさすがに声は掛け辛《づら》い。サトも気付いたようで、明るい声で呼び掛けた。

「こんにちは。春らしい天気が続いてありがたいね」

先に声を掛けたサトは、二人が二間（約三・六メートル）ほどに近付くとこう言った。

「まるで内裏《だいり》のお雛《ひな》さまみたいだよ、二人が並んでいるところは。このお嫁さんなら、信吾さんが人に見せるのを渋るのもむりはない。普通なら自慢するだろうに、さすがに宮戸屋の御曹司だよ。それにしても別嬪《べっぴん》さんだね。姉妹小町とか浅草小町と言われてんだって」

小町の件は竹輪の友に言われたことがあるが、まさかサトの口から聞こうとは思ってもいなかった。驚きもあってだろうが、波乃は顔を朱に染めている。

「初めて聞きましたが、サトさんお一人がおっしゃっているだけではないのですか」

「あたしゃ噂で知ったけど、浅草の住人なら知らない者はいないんじゃないかい」

「まさか。サトさんは、今思い付いて言ったに決まっていますよ」

信吾はそう言ってから波乃を紹介したが、なんとなくではあるが違和感を覚えた。お雛さまと言ってから信吾の名を出すまでのあいだに、サトは微《かす》かにではあるが目を眇《すが》めた。護身のために鎖双棍《くさりそうこん》で目を鍛えているから気付いたのかもしれないが、どことなく不自然に思えてならなかった。

サトは波乃が羞恥で顔を赤く染めるのもかまわず、美しいだけでなく品があるなどと褒めちぎった。それればかりか阿部川町の楽器商「春秋堂」の次女で、降るような縁談を断って信吾の嫁になったそうだね、と言ったのである。

何度かお見合いはしたけれど、まともすぎて退屈な人なので断った、と波乃は言っていた。サトの言った、降るような縁談は、いくらなんでも大袈裟《おおげさ》だろう。

信吾にとって奇妙だったのは、信吾と話しながらもサトが、人が通り掛かると挨拶を忘れなかったことだ。それもかならず、自分から先に声を掛けるのである。

信吾の知っている人もいて、「おや、取っ捕まって難儀していますね」とでも言いたそうに笑い掛けられもした。中には挨拶されても変な顔をし、でなければ無視する人もいたのである。

取り留めもないサトのお喋《しゃべ》りに閉口した信吾は、お客さんが見えることになっていて、時刻に遅れては迷惑を掛けるからとの理由で辞去した。

借家に帰りながら信吾はつぶやいた。

「サトさんが特別なんだろうか。それとも世間のかみさん連中は、ほとんどがああなんだろうか」

「ああ、とおっしゃると」

「わたしは波乃のことなどひと言も触れていないのに、サトさんは浅草小町って知っていたんだよ。一度顔を見せてよと言われたんで、そうしたんだけどね」

相談事であれば仕事なので、波乃にも詳しく伝えることになっている。しかしサトとのことは相談には関係ないので、信吾の感じたことや思ったことを話しても仕方がない。

信吾が波乃を紹介してから、サトが丸太に腰掛けていることが多くなったようである。サトの内職はどうやら縫物らしいが、疲れた目を休めているのかもしれなかった。声を掛けられると挨拶だけで素通りするのもなんなので、急いでいなければ信吾はなるべく言葉を交わすようにしていた。

信吾と話していても、だれかが通るとサトはかならず語り掛けた。信吾と話し中ということもあり、挨拶を返すか会釈だけですませる人がほとんどであった。話しても、当然だがごく簡単である。

道は大川に沿っているので、人は上流側か下流側から現れる。どちらから姿を見せても、かならずサトのほうが先に声を掛けた。

サトは丸太に腰掛けているが、相手はそうではない。路面に目を落とし、でなければ前方に目を遣《や》り、また大川を行き来する船を見たりしながらなので、軒下で腰掛けたサトに気付くのが遅くなる。

そのうちに信吾は、サトの対応に独特のものがあるのに気付いた。サトはまず、「おはようさん」とか「こんにちは」と挨拶する。続いて「桜《はな》の命は儚《はかな》いね。咲いたと思うともう散り始めた。すぐに桜吹雪になるよ」などと時候の言葉を続けるのだ。相手の名を呼ぶのはそれからで、かなり近付いてからであった。

何度かそんなことが繰り返されるうちに、信吾は気付いたのである。波乃をサトに紹介した折に抱いた違和感の、理由らしきものがわかったのだ。

あのとき二人に気付いたサトは、まず「こんにちは」と挨拶した。それから「春らしい天気が続いてありがたいね」と、時候の言葉が続いた。

信吾と波乃が二間ほどに近付くと、「まるで内裏のお雛さまみたいだよ」と言ってから、信吾の名を出した。しかもそのときサトは、微かにではあるが目を眇めた。

霞《かす》むなりぼやけるなりして、サトは物がよく見えないのではないだろうか。でありながら自分から声を掛けるのは、相手に先に挨拶されては申し訳ないと思っているからだという気がした。特に年上とか世話になっている人には、失礼があってはならないと考えているにちがいない。もっとも年上の人はそう多くはないだろうが。

挨拶されて変な顔をしたり無視したりする人がいたのは、サトを知らない相手だからだ。サトは知っているといないに関わらず、まず自分から言葉を掛けるようにしている。

先に挨拶すれば、礼を失することは避けられるからだ。目が見えにくくなってからは、サトはそれを心掛けているのだろう。

信吾と波乃が二間ほどに近付いてから目を眇めたのは、それがサトが人や物を確認できる距離だからなのだ。信吾だとたしかめてから、「このお嫁さんなら、信吾さんが人に見せるのを渋るのもむりはない」と、初めて名前を出したにちがいない。

信吾はほとんどの場合、「おはようございます、甚兵衛さん」とか、「甚兵衛さん、こんにちは。今日はゆっくりですね」のように、挨拶と名前を組にして話し掛ける。いや信吾にかぎらず多くの人がそうであった。だから随分とあとで名を出すサトの話の順が、奇妙に感じられたのだ。

それからもしばらくようすを見ていたが、サトが名前を出すのは、信吾にかぎらずだれに対してであろうと遅かった。はっきりと見えないために、どうしても名前が後廻《あとまわ》しになるにちがいない。確信はあったが、信吾はそのことをサトには言わなかった。

サトはわずかな蓄えと内職で凌《しの》いでいるとのことであったが、目が見えにくくなったことで、内職に支障を来すようになったと思われる。いや、打ち切られたのかもしれない。

だから雨が降ったり、風が強くて土埃が舞ったりしなければ、丸太に坐ってすごすようになったのだ。近所の子供たちの相手もできるし、大川沿いの道だから知りあいも行き来するので、話し相手には不自由しない。

わずかな蓄えとサトは言ったが、それほど緊迫した状態ではないようだ。下町の女だから、亭主が働きに出て一人になれば内職に励み、小金を貯めていたのではないだろうか。いけない。余計な詮索をしてしまった。

亭主に死なれ内職が打ち切られれば、沈んでしまっても仕方がない。しかしサトは変わることなく、だれにでも気さくに笑顔を振り撒いていた。

三

人を確認できる距離にならなくても、場合によっては四、五間（七〜九メートル）、いやもっと離れているのに、サトが相手の名を呼ぶことがあるのに信吾は気付いた。理由はすぐにわかった。足に痛みがあるか痺《しび》れが出るらしくて、二本の杖《つえ》で体を支えながら歩く老爺《ろうや》、いつも決まった時刻に犬を連れて散歩するご隠居さん、片脚を引きずるようにして歩く怪我《けが》をした職人など、顔を見なくても人物が特定できる場合だ。

それ以外はすべて判で捺《お》したように挨拶、時候の言葉、そして名前の順と決まっていた。近隣の人やいつもやって来る棒手振《ぼてふ》りの小商人《こあきんど》などの顔見知りは当然として、単なる通行人にさえかならずサトは自分から先に声を掛けた。そして時候の挨拶と相手の名が続くが、知らない人の場合は当然だが名を呼ばない。いや、呼べないのである。サトを知っている人は挨拶を返すが、そうでない人は怪訝《けげん》な顔をするし、無視する人も多かった。明らかに知らないと思える人の中にも、挨拶されたのだから礼儀として返す人もいれば、お辞儀する人もいた。

何度も接しているうちに、そういうことが次第にわかるようになったのである。

ある日、信吾はいつもより長くサトと話したことがあった。

「どんな方にもきちんと挨拶なさるのだから、サトさんは本当に礼儀正しいですね」

そう言うとサトは信吾をじっと見ていたが、かなりの間を置いてから訊《き》いた。

「知らない人にもってことかい」

信吾はごく自然にうなずき、感心しているというふうに言った。

「しようと思っても、なかなかできるものではないですから」

さらに長い間があった。

「知らない人に挨拶しちゃいけないって、法はないからね」

たしかにそうではあるが、信吾はサトがムキになっているような気がした。だがそれは、サトが触れられたくない部分にまで、信吾が足を踏み入れたからであったようだ。

そのとき甲高い笛を吹くような音がしたのは、大川の川面の上空で群れ飛ぶミヤコドリの啼《な》き声《ごえ》らしかった。川面から十丈（約三〇メートル）ばかりのところに、下流からの、つまり江戸前の海からの風を受けて、体の上面が黒くて胸から腹、翼の一部が白い五、六羽の鳥が中空に浮いていた。

啼き声はなぜかそれっきり止《や》んでしまった。

「信吾さん」

呼び掛けた声の調子が変わったような気がして、信吾は思わず背を伸ばした。

「はい、なんでしょう」

「ちょっと待っておくれでないか」

言い残すとサトはあわただしく屋内へと入り、ほどなく出て来た。

サトは丸太にぺたりと坐ったが、見ると左手に縫い針、右手に糸を持っている。

「よく見るんだよ」

そう言うと目のまえに左手指で摑《つか》んだ針を、孔《あな》を上にして立て、右手の親指と人差し指に挟んだ糸の先を出していた。サトが右手をわずかに動かしただけで、なんと糸が針孔を抜けたのである。その先端を引くと、糸は魔法のように一本の線となって針をぶらさげていた。

「見たかい」

「はい。驚きました」

「驚くのはむりもないよ。信吾さんはあたしの目がぼやけてよく見えず、近くまで来なきゃだれかさえわからないと思ってんだから」

「そ、そんな」

「見えないんだよ。お見通しのとおりね」

「だって針に糸を」

「目は見えないけど、指先が通したんだ。指先は憶《おぼ》えているからね」

一瞬わかったような気がしたが、そんな訳がないという気持が遥《はる》かに強い。目のまえで針に糸を通して見せられたばかりなのだ。

「針仕事を何十年やってきただろうね。娘時分は父親や母親、兄や弟に妹の着物。所帯を持ってからは亭主にその父親、二人の息子、それに自分の着物や蒲団《ふとん》なんかを縫っては解《ほど》き、破れたら繕うってことを来る日も来る日もやってきたからね。息子らが奉公にあがってからは、内職の明け暮れだったもの。指先はちゃんと憶えているんだよ。目が針に糸を通すんじゃない。右手と左手の指先が、それをやってのけたのさ」

「そうだったのですか」

「早くから気付いていたんだろ、あたしの目が見えにくくなったことは」

うなずくことも首を振ることもできなかったが、それは認めたということとおなじであった。

「育ちがいいから、信吾さんが口に出すことはないけれど」

「口にできることではありませんし」

「自分だって変だと感じてはいたんだけどね。はっきりわかったのは、信吾さんが黒船町に越して来たころからかな。十間（約一八メートル）ほど先にいる人が、次第にぼんやりし始めたんだよ。衰え始めると急に進むのさ。信吾さんがお嫁さん、波乃さんをもらったころには二、三間（四〜五メートル）も離れたら、もうだれかわかりゃしなくてね。最初のうちは着ている物や歩き方などからおおよそわかったけれど、人はいつもおなじ物を着ている訳じゃないから」

それが次第に進んで、かなり近くまで来なければ、だれだかわからなくなってしまった。あとは信吾の思ったとおりである。

相手に先に挨拶されると、場合によっては礼を失してしまうことになる。それでサトはだれかが近付いて来ると、取り敢えずお辞儀をして挨拶の言葉を述べるようにしたのだ。声を聞いて、あるいは近付いて来て相手がだれかわかったときに、名前を交えながら会話に持ちこむようにしたのだという。

「年取ると、そんなことにも気を遣わなければならないのだからね」

年輩の女性にそのように述懐されると、若い信吾としては言葉に窮してしまう。

「年取るってことが、どういう意味かってことはね」

一体なにが聞けるのだろうと期待して身を乗り出したが、はぐらかすかのようにサトはにやりと笑った。

「年取ってみなきゃわからんのさ」

どう反応していいのかわからず戸惑っていると、サトはじっと信吾の目を見て言った。

「人は右の目と左の目で物を見る。物は二つの目が揃っていて、はじめてちゃんと見えるんだよ」

当たりまえのことを言っているのはわかっているのに、どことなく納得できなかった。

信吾は右目を閉じ、次に左目を閉じた。

「両方で見なくても、片方ずつでもちゃんと見えますよ」

「信吾さんは若いからだよ。あたしくらいの齢になると、そうでなくなる」と言ってサトも右目を閉じ、続いて左目を閉じた。「右と左で見え方がちがうことに気付いたのは、何歳だったかしらん。四十代の後半か、五十代の前半だったか」

「ちがうって、どうちがうんですか」

「少し変だと思っても、どう変かがわかるまで間があるのだけれど、気付いたときにはかなり進んでいるんだよ」

「サトさんがなにをおっしゃりたいのか」

「わからんだろうね」

そう言ってサトは苦笑いし、少し考えてから説明した。

ある日、唐突に、あるいはなにかの拍子に気付くのだそうだ。右目を瞑《つぶ》って左目で見ると明るくてはっきり見えるのに、左目を瞑って右目で見ると、おなじ物を見ているのに薄暗いし、ぼんやりとしか見えない。

やがて左右の目の見え具合や明るさ暗さ、そのちがいが次第にはっきりするようになるそうだ。

そうこうしているうちに、遠くのほうから少しずつ物が霞み始める。靄《もや》とか霧が掛かったようだと思えばいいだろうか。その度合いが次第に強くなってゆく。

明るいうちはそれほどでもないが、朝晩の薄暗いときはそれが顕著であった。驚くほど、ぼんやりとしか見えなくなるのだ。

木や遠くの山などを見ているうちはいい。ある日、まえから来る人にお辞儀されるが、だれだかわからないのだ。近付いて来てやっとわかる。

それが十間、七間、五間、三間と徐々に狭まってくるのである。

「遠くと言っても、十間も離れてはいないだろう所であたしにお辞儀した人が、三間にまで近付いて、やっとだれだかわかるんだ。年下とか自分が面倒見た人ならいいよ。その逆となると、そうもいかないわさ」

それがサトが、知っていてもいなくても、自分から先に挨拶するようになった理由であったのだ。

「年取ること、老いることは、衰えることなんだがね。ちょっとまえまで簡単にできたことが、できなくなるんだよ。と言っても、若い信吾さんにはわからんだろう。ま、むりに考えることはない。そのときになれば気が付き、わかることなんだから」

サトに借りていた物を風呂敷に包んだ人がやって来たので、信吾は二人に頭をさげてその場を去った。

四

信吾が将棋会所にもどったのは昼に近かったので、勝負を終えて食事に帰る客もいれば、註文《ちゆうもん》した店屋物が届くのを待っている者もいた。でなければ蕎麦屋《そばや》か食べ物屋に出掛けるのである。

席料は来たときに払えば、一日中出入りが自由であった。もっとも常連客のほとんどは、月極《つきぎ》めで先払いしている。

金龍山浅草寺弁天山の時の鐘が九ツ（十二時）を告げると同時に、大黒柱の鈴が鳴って食事ができたと波乃が報《しら》せた。信吾は先に常吉を食べに行かせ、ほどなくもどったので交替で母屋に向かった。

いつもは食べ終わると茶を飲みながら波乃と話すことが多いが、その日はすぐに将棋会所に引き返した。常連客はほとんどが浅草界隈《かいわい》の住人なので、家に帰った者も食べに出向いた者も、かなりの人が食事を終えてもどっていた。煙管《キセル》を手に莨《たばこ》をくゆらせたり、庭に出て池の鯉《こい》や鮒《ふな》を見たり、畳に大の字に寝たりと、思い思いにすごしている。

「あるお方がおっしゃっていましたが、おなじ物を見ても、右の目と左の目で見える具合がちがうことがあるそうなんですよ」

信吾がなにげないというふうに話し掛けたのは、素七《そしち》が持ち駒を攻めや守りに使うときの仕種《しぐさ》に気付いていたからだ。かなり目を近付けてから人差し指と中指で挟んで打ちこむし、敵が指した駒もおなじようにして確認するのである。

まだ五十歳をすぎたばかりだが、顔全体が縮緬皺《ちりめんじわ》に被《おお》われ、ときとして還暦すぎに、いや古稀《こき》に見えることさえあった。耳も聞こえ辛くなっているらしく、ときどき掌《てのひら》を耳のうしろに当てがっていた。見た目だけで判断すべきではないだろうが、素七はほかの客に較べ十歳かそれ以上、老いが進んでいるように見えた。

常連客は若い人が増えたものの、五十代から七十代が多い。目の衰えを話題にすれば話に加わる人がいるだろうから、サトの話していたことに関して、なにかがわかるかもしれないと思ったのだ。

「その方は何歳くらいですかな、席亭さん」

素七に訊かれたので信吾は答えた。

「六十歳前後かと思いますが、てまえにはよくわかりません。女の方なので」

左右の目の見え方がちがうのに気付いたのが、四十代の後半か、五十代の前半だったかと言ったことがあった。そこではじめて、サトは五十代後半か六十代前半だとわかったのだ。

「女の年寄りの齢は、特に席亭さんのような若い人にはわからんでしょう」と、さっそく物識《ものし》りを自任している島造が割りこんだ。「婆さん、老婆、老女、媼《おうな》、老媼《ろうおう》などと言葉はいろいろあっても、結局は女年寄りってことですがね」

「島造さん、席亭さんは女のお年寄りのことを知りたい訳ではありませんよ」と、笑いながら甚兵衛が訂正した。「おなじ物を見ても、右の目と左の目で見え方がちがうってことでしょう。てまえだけでなく、素七さんも島造さんも、ほかの五十代以上のお方はどういうことかおわかりでしょうが、席亭さんはお若いですからね。いくら評判の相談屋さんでも、目の衰えがどんなものかに関しては、思いもできんのではないですか」

「からかわないでください、甚兵衛さん」と笑ってから、信吾は真顔にもどった。「でもおなじ物を見ながら、右目と左目ではっきりわかるほど、ちがって見えるとは、どういうことなんでしょう」

「利き腕とか、利き手という言葉がありますよね」

「左右の腕のどちらが、よく力を発揮できるかという。物を投げるとよくわかりますが」

「はい。左利きとか右利きとも言います。左利きには酒好きとか酒呑《さけの》みの意味もありますが、それは横に置いときましょう。利き腕とおなじように、目にも利き目があるとてまえは思います。効果があるとか、効能があるという意味での利き目ではなくて、その人本来の見え方の良いほうの目、という意味ですがね。わかりにくいですか、席亭さん」

「はい」

「でしょう。こちらも説明しにくくて、困っていますから」

笑いが洩《も》れた。気が付くと何人もが素七、甚兵衛と信吾、島造の遣り取りに耳を傾けていたのである。

真顔にもどった甚兵衛が考え考え話した。

「横に一本、くっきりした線が引かれているとしましょう。棒が一本置かれている、と考えてもらってもいいです。それを両目で見ても、見えているのは、利き目に見えている線であり棒なのです」

だれもが戸惑ったような顔になり、天井を見あげ、畳の縁《へり》を凝視し、目を閉じて考えこんでいる。

「ところが見詰めることをやめて、緩めるというか、ぼんやりと見ていると、べつの線が見えるようになります。それは利き目でないほうの目に見える線なのですよ。両目で見ていても、普段は利き目で見ているほうだけが見えていて、目を凝らさないでいるとそちらも見える、ということだと思うのですがね。二本の線か棒が並んでいたり、重なっていたり、交叉《こうさ》して見えることもあるようです」

「あッ」と声をあげたのは、小間物屋の隠居平吉であった。「見えたが、消えた。あッ、また見えましたよ。はっきり見えるのは真横に真っ直《ま》ぐ《す》で、ときどき見えるほうは少し斜めになっています」

ほかにも「見えた」との声があった。

「でもそれは、てまえが話した人がおっしゃっていた見え具合とは、ちがうと思いますけれど」

信吾がそう言うと、素七はおおきくうなずいた。

「おなじ物を見ても、右の目と左の目で見え具合がちがうことがあると」

「そうなんですよ。なにかの拍子に気付かれたそうですが、おなじ物を見ているのに、右目を瞑って左目で見ると明るくてくっきり見え、左目を瞑って右目で見ると、全体が薄暗くてぼんやりとしか見えないんだそうです。日が経つにつれて遠くのほうから少しずつ物が霞み始め、段々と近くの物まで見えにくくなったそうでしてね」

「あ、わたしそれですよ、席亭さん。それの取っ掛かりです。ごく初期だと思います」

と言ったのは、黙って聞いていた桝屋良作であった。「左と右で明るさや形の見え方がちがい始めましてね。遠くのほうはぼんやりして、はっきりとは見えなくなりました」

楽隠居の三五郎が、「実はてまえもです」とでも言いたげに、控え目に手を挙げた。するると何人かがうなずいたり、手を挙げたりしたのである。程度の差はあるのだろうが、かなりの人が身に覚えがあるらしかった。

「いいお医者さんとか、よく効く、あるいは進みを抑える薬がないかと探しているのですが。どなたかご存じでしたら、是非お教えいただきたいですね」

桝屋は真剣な目で将棋客たちの顔を順に見たが、首を振る者はいても答える者はいなかった。

信吾は感心して将棋客たちを見ていた。話題になっている内容はけっこう理屈っぽいし、微妙な意味あいを含んでいる。それなのにだれもが退屈せず、むしろ強い関心を示しているのだ。

あるいはこれは、将棋好きな人の特性なのかもしれないな、とそんな気がした。理詰めで考えたり、問題点を追究するのが得意、あるいは好きでたまらないので、将棋という勝負事に惹《ひ》かれるのかもしれなかった。

「若い席亭さんは、呆《あき》れ返っておられるのではないですか。だって目が次第に衰えて行くなんて、考えたこともなかっただろうし、話を聞いても理解できないと思いますよ」

「たしかに驚かされはしましたが、とても参考になりました」

「そういうことかもしれませんね」と、桝屋良作が言った。「将棋会所の席亭さんとしては得るところがあったとは思えませんが、相談屋のあるじさんとしては、お仕事に役立つのではないですか。今日明日という訳にはいかんでしょうが」

「若いころには年寄りを見ても、自分だけはああはならないと思っていましたけれど」と、甚兵衛が苦笑交じりに言った。「まちがいなく、そうなってゆくんですね。自分がその齢になってわかるのですが、そのときにはどうにもならないってことですよ」

「なんもわかっちゃおらんのにわかったような面をして、歩くのが遅いの、ところかまわず屁《へ》をひるのと年寄りを小馬鹿にしくさる若い連中を見ると、『笑ってろ笑ってろ』と言いたくなりますな」と喋っているうちに、島造は次第に憤慨の度を増したようだ。「明日はわが身って諺《ことわざ》もある。すぐに自分に降り掛かるってことに気付きもしないで、そのときになって吠《ほ》え面《づら》を掻《か》くなって」

「今日は手習所が休みでないですから、わたしが一番の若手のようですね」と、苦笑したのは夢道であった。「島造さんのおっしゃる若い連中の代表だと思いますが、しかしみなさんのおっしゃることに共感できますよ」

「それが夢道の限界だな。その齢でそういう覇気のないことを言っておっては、大成しないのではないか」

物書きと物書きの卵という関係もあって、夢道は島造に対して控え目に接していた。

将棋でも勝てなかったからである。ところが力が互角になってから、関係が次第に変わってきた。夢道も負けてはいない。

「島造さんは、わたしよりずっとあとで気付かれたのですね」

ですからその程度で止まってしまったのでしょう、との痛烈な皮肉で、一波乱起きそうな気配だと思ったとき、甚兵衛がおおきく手を打ち鳴らした。

「席亭さんが黙ってらっしゃるので代わりに言わせてもらいますが、ここは将棋会所で、昼の休み時間は終わりました。となりますと、みなさまおわかりですね。対局を楽しんでいただかなくては」

五

サトの住まいの傍を通るとき、信吾は軒下の丸太に目を遣るのが習慣になった。サトが坐っていることもあればいないこともある。独り住まいになっても炊事、洗濯、掃除をしなければならないし、出掛けることもあるから当然だろう。

だが二度はともかく三度いないと気にならざるを得ないし、四度続くとそれではすまない。亭主に死なれ、二人の息子は奉公して番頭と手代だとのことである。住みこみなので、通り掛かりか、よほどのことがなければ顔を見せないはずであった。

信吾が通り掛かるのは二、三日に一度のこともあれば、日に二度以上のこともある。サトが丸太に姿を見せなくなって四度目のとき、信吾は声を掛けようかと迷った。病気で寝こんでいるかもしれないからである。

だがそうであれば、隣近所の住人にはわかるはずであった。それまでも信吾と話しているときに、町内の人が通り掛かれば互いに挨拶していた。簡単な会話からも疎遠にしているふうではなかったので、病気が重ければ当然だが、だれかが息子たちの奉公先に連絡するにちがいない。

信吾は軒下で話すだけで、茶を飲んでいかないかと誘われたことはなかった。そのためサトの家の敷居を跨《また》いではいない。通り掛かりに立ち話をするだけの関係でしかない信吾としては、もうしばらくはようすを見たほうがいいだろう。いや、そうすべきだと、しばらく立ち止まっただけで歩き出した。

ところが五度目には丸太が消えていたばかりか、サトが手入れをしていた季節の花々の鉢もなかった。となると、すでにこの家にいないということである。

引っ越したのだろうか、との思いは直ちに打ち消した。亭主はサトと暮らしたいために、この家を借りて通いの番頭になったと言っていた。二人の息子もここで生まれて成長し、べつべつの商家に奉公している。そんな思い出の詰まった家を出ることは考えにくい。

長男が念願だった自分の見世を出して、サトを引き取ったのだろうか。それも否定しなければならないだろう。目がかなり悪くなっているとまで話したくらいだから、息子と暮らせることになればサトが信吾に黙っていられるはずがないのだ。

となると考えられることは一つ。亡くなったにちがいない。

信吾は取り除かれた丸太の跡、径が一尺ほどの丸い窪《くぼ》みに目を遣った。長年、置かれたままだった丸太の跡は、サトが毎日のように坐り続けたせいか、一寸（約三センチメートル）か一寸五分（約四・五センチメートル）の穴になっている。

「サトさんの知りあいの方かね……」

声に振り返ると何度か顔を見たことのある四十歳前後の女で、相手もすぐに気付いた。

「あんた、たしか相談屋の信吾さんじゃなかったっけ」

「はい。信吾ですけれど。あなたはおキクさんでしたね」

サトとは挨拶を欠かさない仲なので、信吾は名を憶えていた。キクは上から下まで見直してから言った。

「いい話し相手ができたって喜んでいたんだよ、サトさん。信吾さんは物識りだし、礼儀正しいし、タダで相談にも乗ってくれるって」

サトとは世間話はしたが、相談事やそれに類したことは話さなかったはずだ。黒船町に移って数日後に声を掛けられたとき、サトは信吾が相談屋と将棋会所を開いたことを知っていた。そのときこう言ったのである。

「近くて便利だけど、あいにくと相談に乗ってもらうことはないだろうね」

以来、相談されたこともなければ、それらしい話をしたこともない。タダで相談事に乗ってもらったと、サトが近所の人に話したなどとは考えられないのだ。しかしキクがそんなことで信吾に嘘《うそ》を吐《つ》くはずはないので、サトはそう言ったのだろう。

「そうか。信吾さんは黒船町だから知らなくても当然だけど、サトさん亡くなったよ」

予想していなくはなかったが、さすがに衝撃を覚えずにいられなかった。

「そうでしたか。ここしばらく丸太だけでお姿が見られませんでしたので、あるいはと思ってはいましたけれど。それで、いつお亡くなりに」

「一昨日《おとつい》で、昨日が葬式だったよ。もっとも息子さんの家で執りおこなったから、町役人とか月番は出たけれどね。あたしら長屋の者《もん》は少しずつ出しあって」

信吾が引っ掛かったのは、息子さんの家とキクが言ったからだ。奉公先で葬儀をおこなえるはずがない。

「息子さんは、どこかのお見世の番頭さんだそうですけど」

「下の息子さんはね」

ますます変である。どこかが喰いちがっているか、捩《ね》じれてしまったのか、妙な具合で落ち着かない。

「ご長男が番頭で、下の方は手代だと聞きましたけれど」

キクが目を丸くし、あわてて口を塞いだのは、噴き出しそうになったからかもしれない。しかしすぐに顔を強張《こわば》らせたのは、信吾が陥った混乱とおなじ状況になったからではないだろうか。

「それって、いつの話ですかね」

信吾が言った兄と弟のことをキクは訊いたらしいが、どうも変である。

「えッ、どういうことでしょう」

キクは目を伏せていたが、考えを纏《まと》めていたのかもしれない。やがて顔をあげ、正面から信吾を見て言った。

「少しいいかい。急ぐならかまわないけれど、このままだとなんだか落ち着かなくて」

「はい。大丈夫ですが」

立ち話もなんだからと、キクは先に立って歩き始めた。サトの借家は通りに面しているが、キクの住まいは少し先の木戸を入った裏長屋にあった。

腰高障子を一杯に開け放ってキクは言った。

「四十女が若い男を引っ張りこんだ、なんて噂を立てられちゃかなわんからね」

キクは信吾に上《あが》り框《がまち》に坐るように示した。

「ちょっと待って。お茶を淹《い》れるから」

「かまわないでください。それよりお話を」

「そうかい」と言ってから、キクは少し思案した。「サトさんのご亭主が亡くなったことは、知っているよね」

「二年と少しまえでしたっけ」

「そんとき」と言ってから、キクは間を取った。「サトさんの息子さんは二人いるけど、名前を言っても信吾さんは煩わしいだろうから兄と弟とするよ。ここを出たら忘れていい話だからさ」

そう断ってからキクは話し始めたが、とんでもない喰いちがいに信吾は啞然《あぜん》とせずにいられなかった。

サトの亭主が亡くなったとき、兄は今度こそいっしょに住もうとサトに執拗《しつよう》に迫ったらしい。今度こそと言ったのは、兄は奉公を終えてお礼奉公をすませると、念願の見世を持ったのであった。そして半年後に妻《めと》を娶り、その一年後には子供に恵まれた。

兄は見世を持ったときいっしょに住むようにと誘ったが、サトの亭主はまだ元気に働いていたので二人は断った。見世をたしかなものにし、嫁を取るのが先というのがその理由であった。

子供が生まれたとき、兄は今度こそいっしょにとさらに強く迫った。父親に仕事を辞め、サトといっしょに孫の面倒を見てもらいたいと言ったのである。そうすれば、自分たち夫婦は仕事に掛かり切りになれるというのがその理由だ。しかしサトたちは断った。

そしてサトの亭主が亡くなったとき、三度目の正直だから今度こそと説得に掛かったが、サトは頑として応じなかった。

混乱したというより、まるで理解できなかった。信吾はサトから、息子は二人いて兄はある見世の番頭、弟はべつの見世の手代だと聞いていた。だから兄は三十代で、弟は二十代だろうと思っていたのである。

ところがキクの話では兄はお礼奉公を終えて自分の見世を持ち、そればかりか妻と子供まで得ているという。奉公人が独立するのは四十歳前後が多いから、兄は四十代半ばのはずだ。

いやそれよりも奇妙なのは、長男が自分の見世を持ち妻帯して子が生まれれば、母親のサトは得意でならないはずである。現におなじ町内のキクにはそのことを話していた。であればなぜ信吾に話さなかった、あるいは隠さねばならなかったというのか。

信吾の素朴な質問にキクも首を傾《かし》げた。

「サトさんは嫁と、よほど反りがあわなかったんじゃないかね。独りのほうがどれだけ気が楽かしれないと、繰り返していたもの」

「それにしても、そこまで息子さんの嫁さんを拒みますかね。ご亭主がお元気なうちはともかく、亡くされてからは心細いと思いますけど」

「反りがあわないなんてもんじゃなくて、憎みあっていたのかしら。そんな嫁と一つ屋根の下に住むくらいなら、ご亭主や二人の息子さんとのいい思い出の詰まった家で暮らしたかったのかね。そうだわ、そうにちがいない。だから弟のほうに期待していたのよ」

キクはうなずいたが信吾には訳がわからない。ところがキクはうなずきを繰り返し、一人で合点したようであった。

「そんな兄嫁と母親を見ていたからだろうね、弟がうれしいことを言ってくれたってサトさん涙ぐんでいたもの」

「うれしいことと申されると」

「母さんに気に入ってもらえる嫁さんをもらって、二人で親孝行するからねって、会うたびに言ってくれるんだって。その弟さんは間もなくお礼奉公が終わるから、自分の見世を持ったらいっしょに住もう。そして母さんに気に入ってもらえる嫁さんをもらうんだって言われたから、その日を指折り待っていたのに亡くなってしまうなんてね」

「なるほど事情はわかりましたけれど、とすればどうしてサトさんはわたしに、そのことを話してくれなかったのでしょうね」

「おなじ町内のあたしたちには隠しきれないけれど、通りすがりに言葉を交わすだけの信吾さんに、サトさんは身内に関わる辛いことは、話したくなかったんじゃないの」

それにしても下の息子が間もなく自分の見世を持つことができるというのに、兄が番頭で弟はべつの見世の手代のままで通すことはないだろうと思わざるを得ない。

「下の息子さんが見世を持てると決まった、そのときに話す気だったんじゃないかしら。信吾さん、実はねって」

「そのまえに亡くなったとすれば、なんとも気の毒でなりませんね」

「信吾さんはサトさんに親切にしてあげたそうだけど、知らないこともあるようなので教えてあげたのさ。余計かもしれないけど」

「いえ、お蔭《かげ》さまですっきりしましたよ。サトさんは病気持ちではなかったようですが、最期は苦しまずにすんだのでしょうか」

「心の臓が悪かったようだけど、お医者さんの話ではあッと言う間だったそうだから」

「長く苦しむことはなかったんですね。それをお聞きして、いくらか気が楽になりました」

「どうせ死ななきゃならないのなら、サトさんのように死にたいものだわね。七十一歳なら大往生だもの」

「七十一。……七十一歳だったんですか」

「あら、何歳だと思っていたのだい、信吾さんは」

「五十代半ばはすぎているとしても、六十五にはなっていないだろうと」

キクは愉快でたまらぬというふうに、けらけらと笑った。

「今度お墓参りしたとき、信吾さんがそう言っていたと伝えとくよ。サトさん喜ぶんじゃないかい」

信吾は、いろいろと教えてもらった礼を言ってキクの長屋を出た。サトの菩提寺《ぼだいじ》の名は教えてもらったが、長男の見世の名と次男の奉公先は訊かなかった。

サトが信吾を話し相手として一定の距離を置いて接していたのであれば、こちらもそれ以上深入りすべきではないだろう。なんとも奇妙な付きあいではあったが、これもなにかの縁であれば墓参りはしておきたかった。

それにしても人とはふしぎだ。目が見えにくくなったとき、サトはそれを他人に覚《さと》られまいと気を遣った。そのため相手より先に挨拶することにしたと、信吾には打ち明けたのである。それなのに二人の息子のことは、なぜ正直に話さなかったのだろうか。キクが言うように嫁との確執のため、長男が独身《ひとりみ》のままということにしておきたかったのかもしれない。

それもサトが亡くなった今となっては、たしかめようがなかった。

信吾がサトを実年齢より若いと見ていたのは、息子たちが住みこみで番頭と手代をやっていると言ったからかもしれない。ところが兄は独立し、弟は番頭で間もなくお礼奉公も終わるのだという。十歳近くの誤差が出て当然であった。

相談屋の仕事にも関係がありそうな、なさそうな……。だから信吾はサトのことに関しては、波乃に話さないことにした。

同志たれ

一

先にすませた常吉と交替し、信吾は母屋にもどって波乃と昼食を摂《と》った。

風がなくておだやかだが、明かり取りの窓板を突《つ》っ支《か》い棒で押しあげたくらいでは、六畳の板の間は薄暗いままであった。

「どうなさったの」

信吾が何度か顔を見たので、ふしぎに思ったらしく波乃が訊《き》いた。

「顔になにか付いているのでしょうか」

「湯気は大丈夫なようだね」

わずかに首を傾《かし》げた波乃は、すぐに問われた意味がわかったようだ。

「お茶漬けの湯気は、それほど気になりません」

朝の食事の折に常吉がご飯のお替りをしたが、飯櫃《めしびつ》の蓋を取った波乃は立ち昇る湯気に顔をしかめた。つわりのせいだろう。腹に子を宿して四月目《よつき》に入っている。

実家である阿部川町の楽器商「春秋堂」を訪れたとき、姉の花江はつわりが軽かったと波乃は聞いていた。食べ物や飲み物に対する嗜好《しこう》はそれほど変わらなかったし、胸焼けや胃のもたれ、吐き気や嘔吐《おうと》は軽微だったが、ご飯の湯気にはムッとなったとのことだ。

ご飯を炊くのは朝だけで、昼と夜はお茶漬けですませていた。どうやら波乃も、姉に似てつわりは軽くすみそうであった。

「お茶漬けでムッとなっていては、お茶も飲めないものな」

「お茶が駄目なときは、白湯《さゆ》をゆっくり飲むといいんですって」

信吾の両親は浅草広小路に面した東仲町で、会席と即席料理の宮戸屋を営んでいる。昼の客入れが終わる八ツ（二時）から夜の客入れが始まる七ツ（四時）まで、一刻《いっとき》（約二時間）ほど間があった。

嫁の体が気になるのだろう、母の繁か祖母の咲江のどちらかが、ようすを見に毎日のように黒船町の借家にやって来る。また波乃の母のヨネも女中のモトを供に、ときどき具合を見に来ているらしい。なにかと教えてもらっているようなので、その点は信吾も安心であった。

信吾はいつもより少し遅い八ツすぎに、将棋会所に顔を出した。

格子戸を開けると、上《あが》り框《がまち》に腰を掛けていた男が信吾を一瞥《いちべつ》した。事情があって町奉行所の同心を続けられなくなり、瓦版書きとなった天眼《てんがん》である。顔色はくすんだ灰褐色をして、肌にはまるで艶がなく、乾き切って白っぽく粉を吹いたようだ。

「天眼さん。お久し振りでございます」

わずかにうなずいた天眼は、手にしていた湯呑茶碗《ゆのみぢゃわん》の酒を一気に呷《あお》ると、一升徳利《どっくり》から酒を注《つ》いだ。徳利をかなり傾けているところからすると、酒の残りは少ないようだ。

天眼が坐《すわ》るように顎をしゃくったので、信吾は少し離れて腰をおろした。さて、なんと話し掛けようかと迷っていると、先に天眼が口を切った。

「七之助《しちのすけ》って名に憶《おぼ》えはねえか」

「七之助さんでございますか」と言ってから、信吾は首を傾げた。「なにをなさっているお方でしょう」

それには答えず、天眼は茶碗の酒を半分ほど呷った。

「枕流《ちんりゅう》ってのは」

「変わったお名前ですね。どんな字なのか見当も付きませんが」

「チンは枕でリュウは流れだ。風流ぶった号かなんかだろうが、臍曲《へそま》がりとかひねくれ者《もん》という意味らしい」

であれば『晋書《しんじょ》』にある「漱石枕流《そうせきちんりゅう》」、つまり「石に漱《くちすす》ぎ流れに枕《まくら》す」からの命名だろう。負け惜しみの強い変わり者のことだ。しかし天眼がなにを考えているのかわからないので、信吾は知らない振りをした。

「とすりゃ、賢作《けんさく》ってのも知らねえだろう。ケンは賢いでサクは作るだ」

その名の将棋客はおらず、相談屋の客や関わりのあった人にも思い当たる人物はいない。

「お目に掛かったことは、いいえ、お名前を聞いた憶えもありません」

「三人ともか」

「はい。どなたにも」

「七之助、枕流に賢作。名はちがうがおなじやつだ。同一人ってことだよ。名を使い分けておるくらいだからロクなやつじゃねえ」

「なにをなさってるお方でしょう」

「ロクなやつじゃねえと言ったのに、なさってるお方はなかろう」

「ですが、お目に掛かったことがないものですから」

「ケッ。お目に掛かったと言うほどのやつじゃないってことぐらい、わからぬ訳がなかろうが」

不機嫌な顔で天眼は黙ってしまった。こんなときにはなにも言わないほうがいいのは、相談屋をやっていてわかったことだ。

しかし長くは掛からなかった。

「ある男がちょっとしたことで評判になり、瓦版で派手に扱われたことがある」

そう言って天眼は顔を歪《ゆが》めたが、それがこの男に特有の笑いであるらしい。

「瓦版は男の商売にもちらりと触れていたが、それを読んで遣《や》り方次第では金儲《かねもう》けになるし、うまくいきゃ濡《ぬ》れ手《て》で粟《あわ》と思ったんだろうよ。三つの名を持つ男は」

「そんなうまい話がある訳がないですよね」

瓦版に扱われた男とはどうやら信吾のようだが、素知らぬ顔でやりすごすことにした。天眼がわざわざ来たとなると、信吾や将棋会所「駒形」と関わりがありそうなので、うっかりしたことは言えない。

残りの酒を呷った天眼が鋭く険悪な目で、不意に座敷で対局している客たちを睨《ね》め付けた。それまでの緩慢な動作からは考えられぬ、素早い動きであった。

勝負を中断して聞き耳を立てるばかりか、二人を見ていた将棋客たちは、顔を強張《こわば》らせて一斉に盤面に目をもどした。それを見て天眼は苦笑した。

「お客さまたちの勝負の邪魔をしちゃぁ悪《あしゅ》うござんすから、席を移すとしますかねえ、席亭さん」

天眼が口調を変えて皮肉たっぷりに言ったので、客たちが緊張するのがわかった。

「みなさま、どうか対局をお続けください」と言ってから、信吾は常吉に命じた。「母屋にいるから、なにかあったら鈴で報《しら》せるように」

大黒柱の鈴を鳴らして、合図するように言ったのである。信吾と天眼が会所を出ると、将棋客たちが吐《つ》く深い溜息《ためいき》が聞こえた。

岡っ引の権六《ごんろく》は将棋会所に顔を出しても、信吾と話したいときには母屋に移る。天眼は会所の出入口近くの上り框に坐って無言のまま酒を呑《の》み、気が付けば姿を消していることが多かった。二人だけで母屋で話したことはなかったはずだ。

天眼はゆっくりした動作で、徳利の首を縛った細縄を摑《つか》んで立ちあがった。鯉《こい》や鮒《ふな》の泳ぐ池を横に見ながら、信吾たちは柴折戸《しおりど》を押して母屋の庭に入る。

波乃は客が天眼なので驚いたようだが、そんな気配は曖気《おくび》にも出さない。

「天眼さま、ようこそいらっしゃいました」

挨拶しながら徳利に目をやって、提げたようすから残り少ないと感じたようだ。

「すぐお酒を用意しますね。信吾さんも呑みますか」

「対局のお客さまが見えたら、酔っていては失礼だからお茶にしておくれ」

飛び入りの客がいなくもないが、対局の申し入れは客のあいだで重複しないよう、何日の何刻《なんとき》と予《あらかじ》め指定してくることが多い。その日は夕刻まで予定は入っていなかったが、もしものことを考えて呑まないことにした。

ほどなく波乃が、新しい五合徳利と信吾の湯呑茶碗を持って来た。

細縄でぶらさげた一升徳利を常に持ち歩いている天眼は、特別な場合を除いて冷やで呑んでいる。ということは下り酒か、でなくてもかなり上物ということだ。安酒は冷やで呑むとまずいだけでなく、あとでかならず頭が痛くなる。

町奉行所の同心崩れの瓦版書きに、毎日のようにいい酒が呑めるとは思えない。ところが天眼は酒に金を惜しまないし、連日のようにけっこうな量を呑んでいた。その金は文を書いて稼いでいるとしても、瓦版の書き賃など雀《すずめ》の涙でしかないはずだ。

瓦版書きはいわば表看板のようなもので、それより遥《はる》かに金になることを天眼は裏でやっている。同心時代に手なずけたとか、弱みを摑んでいる岡っ引連中を顎で使って、ネタを集めさせていた。なにもたしかなことでなく、単なる風聞でもかまわない。

家付き娘に婿入りした養子と義理の母、つまり娘の母親ができているなどと、でっちあげるのが手口であった。上野池之端仲町《うえのいけのはたなかちょう》の出合茶屋「華の里」から二人が時間をずらして出てくるところを、日本橋久松町《ひさまつちょう》の京御菓子所「吉田屋《よしだや》」の手代寿美吉《すみきち》が見た、などとまことしやかに書く。もちろんそのとき、婿と義母が見世にいなかったことは調べずみだ。

要所に実名や実際に起きた出来事を組み入れるので、多くの者が信じてしまう。実に巧みに、事実だと思わせるように書き進めるのである。

そして天眼は文にしたそれをさり気なく、婿養子か義母の、金を多く出せそうなほうに見せた。

「あれこれ耳にしちゃいるが、おれはただの噂《うわさ》だと思っとるのよ。しかし瓦版書きとしちゃあ、そのままにしておけんのでな。取《と》り敢《あ》えずまとめてみたが」

二人が実際にそういう関係にあれば顔色を変えるし、なにもなくても頭を抱えてしまうはずだ。事実無根であっても、そんなことが瓦版に載れば店の信用に傷が付くだけですまず、家族の関係が壊れてしまいかねない。

何両、あるいは何十両で買い取る気はないか、などと天眼は持ち掛けはしない。この話を聞き出すために酒を呑ませたり、女を抱かせたり、小遣いをやったりしたので、酒代にも不自由しているなどとも言わない。言わないが、文を見せられた者がそれを感じずにいられないように、巧みにほのめかすのである。岡っ引を脅して情報を集めている天眼が、そんなことに金を使う訳がないのだ。

相手は「少々お待ちいただけますか」と断って姿を消し、もどって紙包みを差し出すことになる。商売と家族を守るためにそうするしかない。商いが成り立たなくなれば自分たちだけでなく、奉公人とその家族まで路頭に迷うことになるからだ。

「できましたら、それとこれを交換していただければと」

含みを持たせておだやかに持ち掛ける。それを買い取らせていただきましょう、などと露骨な取引はしない。

「交換してくれと頼まれりゃ、断ることもできんわな」と言って受け取り、天眼はさり気なく付け足す。「こういうときにはだれもが案じるみてえだが、控えは取っちゃいねえから、書かれたものはそれだけだ。おりゃ次から次へと瓦版を書いておるせいか、近ごろは一度書いたことを、なぜか忘れてしまうようになってな」

明らかな恐喝だが、形の上ではそうはならない。天眼はさしたる苦労もなく、かなりの金を得られるのである。

やり方次第でいい金蔓《かねづる》になって、繰り返し引き出せなくもないが、元同心はそれだけはやらない。追い詰められたと思ったとき、相手がどんな手に訴えるかわからないからだ。つい調子に乗ってやりすぎ、手酷《てひど》い思いをした連中を見ているので、その轍《てつ》を踏むような愚かな真似《まね》はしなかった。

信吾は天眼の悪事を権六に教えられたのである。岡っ引は酒を呑んだ折に、うっかり洩《も》らしたというふうに打ち明けたのだ。

だが本当は権六が是非とも話しておきたかったので、迂闊《うかつ》さを装ったのだと信吾は確信している。なぜなら一部をうっかり洩らしたならともかく、なにからなにまで話に筋が通っていたからだ。権六は相談屋の信吾が絶対に他言しないのを知っているので、打ち明けたにちがいない。

立場はちがっていても、相身互いと感じる部分があるのだろう。信吾が相談屋と将棋会所を開いて間もなく、駒形堂の裏手で、大川を行き来する船を見ながら雑談したことがあった。そのとき閃《ひらめ》いたことがあったらしく、権六は大手柄を立てたのである。

当時からときどき顔を見せていたが、信吾が波乃といっしょに暮らすようになってからも、それは変わらない。波乃と取り留めないことを話していてなにかを感じ、手柄に結び付けたこともある。

そういうことが何度かあったからか、権六は町方の者がそんなことを洩らしていいのかと、信吾が驚くような内輪の話をしてくれたこともあった。天眼の知られざる秘密を教えたのも、相談屋として世間の裏を知っていたほうがいいと考えたからだろう。それだけでなく、信吾や波乃との関係を大事にしたいとの思いからかもしれない。

権六から教えられたとき、信吾は少しも驚かなかった。いかにも天眼がやりそうな手口だと思ったからだ。

二

信吾のまえで酒臭い息を吐いている、顔色の極めて悪い天眼とはそういう男であった。その天眼が手酌で湯吞茶碗を満たすと、珍しく一気に呷らず、味わいながら時間を掛けて吞み干した。

「ある商家の次男坊だそうだ。見世を手伝わずに、楽をして金儲けをしたいとムシのいいことを考えておる、近ごろ増えてきた世間知らずの若僧の典型というやつでな」

七之助と枕流に賢作という、三つの名を持つ男のことを言っているのだ。

「天眼さんがそんなふうにおっしゃるからには、てまえと関係があるのでしょう。少なくともてまえはその人に会っておりますね」

「さすが評判の相談屋だけのことはある」

「からかわないでくださいよ。その人の特徴、特に顔を、似せ絵を描くように話してくださいませんか」

「で、わかるというのか」

「わかるかもしれません」

「似せ絵、似顔絵か。おりゃ、そういうのが苦手でな」

「なにも描かなくても、特徴を話していただければいいのです。それに苦手であれば、人の表情や動き、気持の変わるさまが目に浮かぶような、あれだけ活《い》き活《い》きした瓦版を、書ける訳がありません」

文章がいいと目一杯持ちあげると、天眼も悪い気はしなかっただろうが、苦笑してから皮肉った。

「さすが評判の相談屋だ」

「天眼さん、二度目になるとダレますよ」

笑いながらではあるが、それまでとはちがった言い方をしたので、まじまじと信吾を見てから、天眼は真顔になった。

「扁平《へんぺい》と言うのだろうが、のっぺりした顔だな。目は一重瞼《まぶた》で細く、鼻は尖《とが》っていないし高くもない。笑窪《えくぼ》はなく、目立つほどの黒子《ほくろ》もなし。……これで顔が浮かぶ訳がなかろう」

たしかに天眼の言うとおりだが、信吾の脳裡《のうり》には急にある男の顔が浮かびかけた。

「色は白いほうだな。薄痘痕《うすあばた》もねえ。吃音《どもり》というほどではないが、ときとして言葉につかえることがある」

「あッ」と思いはしたが、声はなんとか呑みこんだ。しかし信吾のわずかな変化に天眼は気付いたようだ。

「思い出したか」

「ちがっているかもしれませんが、もしかして左利きではないですか」

天眼は答えなかったが、視線が定まってはいなかった。彷徨《さまよ》っていた目が静止した。まちがいないようだ。

「困ったときとか迷ったとき、人差し指で耳のうしろを掻《か》く癖がありますね」

答えなかったのは認めたということだ。

「いつ、知りあった」

やはりあの男だ。

一年七、八ヶ月ほどまえに、信吾は一度だけ会ったことがある。

だが天眼の言った三つの偽名の、どれともちがっていた。男は八百造《やおぞう》と名乗ったが、おそらくそれも偽名だろう。信吾は相談客の名は一度聞いただけで、相談事がまとまらなくても、話したのがわずかな時間であっても忘れはしない。

八百造は相談事を切り出さずに、逆にあれこれと訊いてきた。

仕事の実態や苦労したこと、客の相談をいかに解決するのか。相談料はなにを基準に決め、どの段階でどの程度請求するのか。相談料のことで揉《も》めることはないのか。不満な客が暴力に訴えることもあるだろう。信吾は護身術の覚えがあるからいいとして、なんの心得もない場合はどう対処すべきか。無理難題を持ち掛けて困らせるような客には、いかに応じればいいのか。

となれば八百造の知りたいことは明白だ。

「八百造さんはもしかして、相談屋を開きたいのではないですか」

「いえ、そういう訳では」

「正直に話していただいていいのですよ」

かなり迷ってから打ち明けたが、八百造は噂を聞いて信吾の考えに共感したとのことであった。世の困っている人の悩みを解消してあげたいと思いはしたが、どうしたらいいかわからない。だから意を決して相談に来たのだと、八百造は紙に包んだ相談料を差し出した。信吾はそれを押しもどした。

「でしたら八百造さんは同志ですから、そういう方から相談料はいただけません。てまえにわかることならなんでもお教えしますので、遠慮なく訊いてください」

「えッ、本当に。しかもタダで教えてもらっていいのですか」

「もちろんです」

「だって同業、場合によっては商売敵になるかもしれないのですよ」

商売敵と聞いて信吾は思わず笑ってしまった。

「それより困っている人の悩みを解決してあげるほうが、大事なのではないですか。もし、てまえの手に負えないお客さんがいましたら、八百造さんの所へ行くように話しますよ。ですから八百造さんもそういう場合には、てまえの『よろず相談屋』を紹介してください。ともかく、力をあわせて悩んでいる人、困っている人の力になってあげましょうよ」

相談屋を開いて一年ほどだったこともあるが、自分とおなじ考えの男がいるのがわかって、信吾はうれしかったのである。だから八百造に訊かれたことに関しては、なるべく詳しく教えた。

そして相談客がいかに秘密を、いや秘密と言うほどではなくても、自分のことを知られたくないと思っているかを話した。さらに相談を受けた相手に関することは、どんなことがあっても洩らしてはならないと念を押したのである。

「人がいいにもほどがある」と、天眼は呆《あき》れ果てたというふうに言った。「もっとも、だからこそ信吾なんだろうがな」

天眼によると信吾の成功に刺激されてか、あちこちに相談屋が看板を揚げたそうである。

「成功だなんて。将棋会所で日銭を稼いで、なんとか喰《く》い繋《つな》いでいるのですがね」

「人はそんなことは知らねえ。二十歳をすぎたばかりなのに、相談屋だけでなく将棋会所もやっておるのだ。将棋会所の席料なんてほんのわずかだろう。となると、相談屋はよほどの金になるってことだな」

「勝手な思いこみですよ」

「てことだ。で始めたものの半年も保《も》てばいいほうで、どこも三月《みつき》か四月で看板をおろした。当然だろう。看板を揚げさえすれば客が来ると考えて、わずかな手持ちしかないのに立ちあげたが、信吾のように日銭を稼ぐ手を打たなんだのだからな。世の中それほど甘くはねえ」

「てまえの所に訊きに来れば、そのことをちゃんと話してあげますが」

「だが信吾は八百造と名乗った男に、相談屋だけでは喰ってゆけん、商売にならんということを話さなかっただろう。相談相手の秘密は、絶対に洩らしちゃならねえとは言ったが」

そうだった。あのとき信吾は、自分とおなじ考えの人がいると知ってついうれしくなってしまい、生計を立てることの重要さを話し忘れたのである。波に乗るには四、五年は掛かるだろうからと、自分は将棋会所を併設しておきながら。

「そういう中にあって、信吾の八百造。おれの言った七之助、枕流。今は賢作を名乗っておるが、そいつだけは潰れずに相談屋を続けとる。それもけっこう繁盛というか、儲けておるらしい」

「それはよかったですね」

「よかねえよ。信吾のようにまともに、地道にやれば問題ないが、将棋会所なんつう副業なしでやっておる、と言やわかるだろう」

阿漕《あこぎ》なやり方や多額な相談料を請求するなど、悩みを解消させるどころか、さらなる悩みを与えているということだろうか。相談屋を金儲けの手段としか考えていなければ、そうならざるを得ないのは目に見えている。信吾の考えに共感したというのは、話を聞き出すための便宜でしかなかったに相違ない。

「そんな八百造に成功の秘訣《ひけつ》を伝授したのだから、信吾の人のよさは底なしだ」

「秘訣を伝授したなんてことはありません。だとしても副業なしで、相談屋だけでやっているとしたら、すごいと思いますよ」

天眼は呆れたやつだという顔になった。

「問題はそのやり方だが、八百造つまり賢作は自分から相談客のもとへ乗りこむのだ。いわば押し掛け相談というやつだな」

「押し掛けですって」

無茶苦茶だ。そんなことをして、まともな相談ができる訳がないではないか。

天眼の話ではこういうことだ。

八百造はあらゆる手を使ってひどい悩みを持っている人を探し出す。さり気なく友人、知人から聞き出し、でなければ人の集まる場で耳に挟んだことなどをもとに、徹底的に調べるということだ。といって貧乏人は相手にしない。地位も金もある人が、いわゆる鴨《かも》である。

相手の悩みがわかれば、何通りかの解決策らしきものを用意して乗りこむのだそうだ。

「あなたは同業の妻女とのことで悩まれているはずですが、どうしようもない深間に嵌《は》まってしまいましたね。てまえは、それを解消できる案をいくつか持っておりますよ」

悩み事を指摘してから始めるので、だれだって驚かざるを得ない。となると無視できないし、多少の金を払っても、なんとか解決したいと思うのが人の情だろう。八百造は当人の秘密を知っているので、拒否したらそのままではすまないかもしれないとの不安があるからだ。

この方法が商売として、こと金儲けに関するかぎり、相談客が訪れるのをひたすら待っている信吾より、遥かに有効なことはだれの目にも明らかである。ただ強引に相手の悩みに土足で踏みこむことになるので、わずかなズレで問題を引き起こしかねない。

とすれば信吾はとんでもない過ちを、それも二重に犯してしまったことになる。まず、人の悩みや迷いを解消することは、金儲けにはならないことをはっきりと伝えるべきであった。そのためには生活の基盤をしっかりしてから、相談に応じるべきだと強調しなければならなかったのだ。

その一番重要なことを話さず、相談客は悩み事に関する秘密は当然として、自分のことを知られたくないと思っていることを強調した。

八百造はそれを逆手に取ったのである。自分が知った相手の秘密を武器にして、短期間で苦労なく金を得る方法を企《たくら》んだのだ。

実はそのやり方は、岡っ引連中に情報を集めさせ、さり気なく接触して書いたものを見せる天眼の手法に酷似している。いや、同質であった。おだやかではあるがその実、恐喝としか言えない。

信吾が同志がいたとうれしくなって喋《しゃべ》ったことが恐喝に走らせたとしたのなら、信吾は八百造と同罪を犯したことになる。自分が深く考えることもなく話したことが、とんでもない結果を引き起こしていたことがわかって、信吾は愕然《がくぜん》となった。

そんな信吾の思いを知ってか知らでか、天眼は言った。

「信吾は八百造とその後、何度か会って相談に乗ってやったのか」

「いえ、最初にお見えの折になにもかも話しましたので、以後連絡はありません」

「ま、そうだろうとは思ったがな。これからはなにか言って来ても、ほどほどにしておくことだ。でないと、煮え湯を呑まされるぞ」

「ですが八百造さんが、自分の考えでそこまでやっているなら、てまえに相談に来る訳がないと思います」

「ということだ。金を得るためにむりをすれば、相手を困らせることもある。信吾のように相手の悩みを真剣に解決しようと考えてなきゃ、続けられる仕事ではなかろう。信吾がその考え、やり方を変えぬ限り、相談に訪れる者は増え続けるはずだ。初心を忘れるなよ」

そう言って天眼は酒を呷ったが、いつの間にか波乃の用意した五合徳利を空にしていた。将棋会所で一升徳利をほぼ呑んでいたので、一升五合近くを一刻もせぬうちに呑み切ったことになる。

天眼はふらりと日光街道へと姿を消した。それだけ呑んでいながら、天眼の足取りにわずかな乱れも見られなかったのには驚くしかない。

信吾は共鳴者、同志だとの思いから好意的に八百造の問いに答えたのである。だが八百造は乖離《かいり》して金儲けに走ってしまった。なんとも虚《むな》しく、胸に穴が開いたような気がしてならなかった。

三

次の日の朝、将棋会所の伝言箱に紙片が入れられていた。

相談屋御主人様

急な呼び立てで真《まこと》に恐縮ですが
今宵《こよい》六ツ元鳥越町《もととりごえちょう》鳥越明神前の
飲屋小鳥遊と書いてタカナシに
ご足労いただけないでしょうか
もしもご無理なようでしたら
明日でも明後日でも結構です

わたくしは毎日その時刻には
小鳥遊に詰めておりますので
雲似郎

連日顔を出しているとあるのは、少しでも早く会いたいとの気持の表れにほかならない。信吾はその日のうちに「小鳥遊」に出向いた。

小鳥が遊ぶと書いてタカナシと読ませるのは、鷹《たか》がいないから小鳥が自由に遊べるとの言葉遊びだろう。それだけでなく、文末に記された名前も気になってならない。

会ってわかったが、相談客の雲似郎はまだ三十歳にはなっていないようだ。どうやら商人らしいが、それに関しては自信が持てなかった。

「珍しいお名前ですが」

文に不自然なところはないが、名前がいささか風変わりに思えた。だからタカナシでの挨拶が終わるなり、信吾はまずそれについて訊いてしまった。

「そう思われたのはむりもありません。雲助なんてよくない言葉があるからでしょうか、雲は雅号などはべつとして、名前では滅多に見掛けることのない字です。それに二つ目の似も、名前にはまず使われません」

「なんとお読みするのでしょう」

「くもじろう、です」

「ご自分で考えられたお名前ですか」

偽名で相談に来る客がいるので、信吾は訊いたのである。偽名は相手の反応で見抜けることが多かった。

「父は考えに考えて、これしかないと思って付けたと言っておりましたが」

「するとご本名ということになりますが、その謂《いわ》れをお話し願えるとありがたいですね。ご相談に関係なくて申し訳ないですけれど」

言葉とか名前に人一倍強い関心を抱いている信吾にとって、伝言箱に入れられた短文にあった「小鳥遊」だけでも煽《あお》られるには十分であった。その上、相談を持ち掛けたのが見たこともない雲似郎という名の男で、父が名付けた本名となると、とてもおだやかではいられない。

急を要する、困惑しきっての相談ではないようなので、信吾はゆっくりと話を進める方法を採ることにした。それに順を踏んで話すより、成り行き任せのほうが話しやすい相談のような気がしたのである。

信吾の問いに、しばし間を置いてから雲似郎は話し始めた。

「父は石橋を叩《たた》いて渡るほど慎重な男でした。転んで石に頭をぶつければ、石のほうが痛いと悲鳴をあげるのではないかと冗談を言われるほどの石頭、稀《まれ》に見る堅物でした」

堅いはいいが、そこまで極端ではまともに世渡りができないので、なんとかならぬかと周りの人に繰り返し言われたそうである。商売にも差し障りが出るかもしれないとなれば、当然のことだろう。

融通は利かないが、ともかくきっちりしているし几帳面《きちようめん》だから、安心できると言う人もいないではなかった。だがちょっとしたことでも我を通すので、それでは商売が先細りになってしまう。

頑迷の度がすぎるので客は次第に離れ、取引先にさえ敬遠されるようになると、親戚も黙っていられなくなった。自分たちの信用、商いにも悪影響を及ぼすことになるのは必至だからだ。

そこで親類が集まって強談判《こわだんぱん》し、むりやり隠居させたのである。そして長男、つまり雲似郎の兄に見世を任せることにした。

兄の健一郎《けんいちろう》はまじめで堅実ではあったが、父ほど頑固ではなく、融通の利かぬ男ではない。そのため親類の期待に応えることができ、商売をかなり盛り返しているとのことだ。

ところで雲似郎の名である。

子供が生まれたとき、父は長男には健やかに育ってもらいたいと思い、健一郎と命名している。妻が二人目を出産したのは、長男が生まれてから七年後であった。そのとき父は、相変わらず周りからも言われ自分でもわかっているのに、どうにもできないもどかしさの中にあったようだ。

「父はよく空を見あげておりましたが、特に商売が思うようにいかないときにはそうでした。雲は自在に姿を変えます。どんな形にもなるし、次にどうなるかだれにもわからない。自分と引き較《くら》べなんとも自由である。息子よ、次男よ。わたしのようにならず、雲のように自由に生きておくれ、との願いで雲似郎と名付けたそうです。父は四十歳で隠居させられましたが、そのとき兄の健一郎は十八歳で、弟のわたしは十一歳でした。父が名前について洩らしたのは、わたしが二十歳のときです。次男なのに雲次郎とせず雲似郎としたのは、雲に似てほしいとの気持が籠められているからだとのことでした」

「子供思いのすばらしいお父さまですね」

信吾がそう言うと、雲似郎はなんとも奇妙な笑いを浮かべた。そして首筋を掻きながら言った。

「おっしゃるとおり子供思いの父でしたが、息子は期待を裏切った親不孝者でしてね。雲のように自由に姿を変えられる人になれたらよかったのですが、雲ではなく風になってしまいました」

「風と雲なら通いあうところがあるのではないですか、どちらも自由気ままですし」

「風にもいろいろあります。風は風でも風来坊。風に吹かれて、風次第でどこに行くか知れない、気紛《きまぐ》れ者になってしまったのです。父の期待とは逆の方向へふらふらと、ということですよ」

「ところで風のような雲似郎さんが、いかなる風の吹き廻《まわ》しで見えられたのでしょう。どういう悩みと申しますか、事情がおありで相談に」

言われて雲似郎はおおきな息を吐き、意を決したように言った。

「相談屋を開きたいのですが、どうすればいいのかわからないので、教えてもらいたいというのがわたしの相談です。ねッ、驚かれたでしょう」

「全然。それよりなぜ雲似郎さんが相談に見えたのかが、ふしぎでなりません」

「だって、信吾さんは相談屋さんではありませんか」

「はい。でも相談屋を開くなら、開けばいいのではないですか。わたしはだれにも相談せずに、相談屋を始めました」

「ここまで続けてこられたのは、それだけの素地があったからではないですか」

「ありません。相談されたら、ただ必死になって考えはしましたけれど。だから解決できたこともありますが、これまでせいぜい一割ですからね」

「だけど二年半以上、三年近く続けてこられたということは、採算が取れているからでしょう」

「とんでもない。最近になってたまにとんとんの月もありますが、ずっと持ち出しです」

実際はそうでもない。信吾は始めたとき、五年は赤字が続くだろうと覚悟していた。ところがほどなく三年になろうというここに来て、かなりの相談料を得られるようになっている。ただこれから始めようという雲似郎には、そう甘いものではないと言っておかなくてはならない。

雲似郎は納得できぬという顔で首を傾げた。

「だってご夫婦で生活してらっしゃる」

「将棋会所で日銭を得ているので、喰い繋いでいられるのです。相談屋を開きたいのが雲似郎さんの相談でしたら、答は一つしかありません。おやめなさい」

「そんな」

「相談屋は相談客が相談に見えて」と言いながら、言葉の連なりがおかしくてつい笑ってしまった。「ともかく相談客がいらして、初めて仕事になります。相談屋を始めたときてまえは二十歳でしたから、世間知らずの若僧のところに相談に来る人などいないと思ったのです。お見えになられた方の相談に応じ、悩みを解消してあげれば、知りあいの困っている方を紹介してくれるかもしれません。ところが相手の期待に応えられるのは一割。しかもよほど満足していなければ、人を紹介してくれるとは思えません。それも身近に悩める人がいての話ですからね。しかもそうなるには、早くても五年は掛かるでしょう」

「五年、ですか」

「もっと掛かるかもしれません。それでは相談屋を続けられないので、てまえは日銭を稼ぐために、将棋会所を併設したのです。雲似郎さんのお考えは殊勝だと思いますが、相談屋を開くことはお奨《すす》めできませんね」

信吾の言葉に、雲似郎は強く首を振った。

「でも、なんとしてもわたしは相談屋をやりたいのです。信吾さんのように、人の悩みを取り除いてあげたい」

「意気ごみだけで、できる仕事ではありませんよ。相談屋だけで生活しようというなら論外です。それに本気でやる気があるなら、てまえに相談などせずに始めるはずです。ですがうまくいく訳がありません」

「えらくきっぱり申されましたが、うまくいきませんか」

信吾はおおきくうなずいた。

「町奉行所の同心の旦那に教えてもらったのですが、この一年か一年半のあいだに、江戸のあちこちに相談屋ができたそうです。ですが半年保てばいいほうで、どこも三月か四月で看板をおろしたそうでしてね」

同心崩れの瓦版書きと言わなかったのは、調べれば、あるいはなにかの偶然で、天眼とわかるかもしれないと思ったからだ。

雲似郎が黙ってしまったのは、実情が思っていたよりもひどかったからだろう。いやそこまでひどいとは、想像していなかったにちがいない。

「相談屋を開いても続けられなかった人たちは、信吾さんに相談に来なかったからではないですか」

どうやらなんとしても諦めたくないらしい。

「そう言えば、雲似郎さんが初めてですね」

雲似郎のほかにもう一人、八百造と名乗った男がいた。天眼言うところの七之助、枕流、賢作という三つの名を持つ男だ。だが信吾は、相談屋を金儲けの手段としか考えていない八百造の名は出さなかった。

すると雲似郎はこう言ったのである。

「ここへ相談に来なかったからもあるでしょうが、それ以前に志の問題ではないですかね」

志とは驚いた。信吾はまさか雲似郎から、そんな言葉を聞くとは思ってもいなかった。

驚き顔の信吾に雲似郎はうなずいて見せた。

「わたしはあのとき、瓦版を見て駆け付けた野次馬の一人です。世の中にこんな人がいるのだと、あれほど驚いたことはありません。一目でいいから信吾さんを見たかったのです。ともかくすごい人だかりでした」

となると二年にはならないとしても、一年半はとっくにすぎている。

「あれから随分と月日が経《た》っています。その間ずっと、考えておられたのですか」

雲似郎は口をもごもごさせていたが、いくらか照れたように言った。

「つい最近ですが、仕舞っておいた瓦版を取り出して読み返しました。それでわたしのやることは、やはりこれしかないと」

四

瓦版は読み捨てる物である。取り置いたということは、よほど気に掛かることが書かれていたからだろう。それが天眼の書いた、二十歳の信吾が困った人の悩みを解消してあげたいとの一心で、相談屋を開いたとの記事だったということだ。

もっとも相談屋に関して書かれた瓦版ではなかった。信吾が生活のために併設した将棋会所で開所一周年記念の将棋大会を開催したとき、金を包ませようとやって来たならず者を、密《ひそ》かに鍛錬していた護身術で撃退した。その記事の中で天眼は、信吾が本邦初の相談屋を開いたことに触れていたのだ。

であれば雲似郎は天眼の言っていた、なんとかなるだろうと安易な気持で相談屋を開いたものの、半年も保たずに看板をおろさねばならなかった連中とは腰の据え方がちがう。金儲けの手段とするのが目的で、相談に託《かこつ》けてようすを探りに来た八百造とは、根本的に異質なものを信吾は感じた。

なぜなら金のことしか考えていないなら、瓦版を見て間を置かずにやって来たはずである。ところが雲似郎は長い空白期間を置いていた。単にやりたいというだけでなく、自分にできるだろうかと真剣に考えたからだろう。同時に自分にはなにができるか、どうすべきかなどに考えを巡らせたと思われる。

そしていよいよ始めると決め、念のため信吾の話を聞きに来たにちがいない。

「なるほど」

「やりたいではなくてやります。やれるのです。わたしだから、いえ、わたしにしかできないことがありますから」

「雲似郎さんにしか、ですか」

「わたしは人の世の王道、本道ですね。それを歩まずにと言うか、外れて裏道や横道を歩いて来た男です。ですから逆に、普通の人より王道や本道がよく見えると思うのです。つまり正面からだけでなく、裏側からも見るので、まともな人、例えば信吾さんなどとはちがった見方で、悩みを捉え解決することができると思います」

「それは強い武器となりますね」

「でしょう」

「てまえは将棋会所をやりながらですので、相談屋を続けていられますが、雲似郎さんはなにかそのような」

雲似郎はすぐには答えなかった。空咳《からぜき》をしてしばらく黙っていたが、もう一度空咳をしてから口を開いた。

「話をしましたところ、それが本当にやりたいことなら、何年掛かってもかまわないから、ご自分の夢を形になさい。それまでは面倒を見てあげますから、と言われましてね」

雲似郎は照れてだろうが頭を掻いた。女に惚《ほ》れ抜かれたと白状したに等しいのだから、照れるのも当然かもしれない。

「それはどうも、ご馳走《ちそう》さまでした」

信吾のように副業をやらなくても、女が喰わせてくれるのならなんの心配もいらないだろう。だがそれだけに、そのような恵まれた境遇にいて、深刻な問題を抱えた人たちの悩みを解決できるのだろうかと、危惧せずにいられない。いくら裏道や横道を歩いて来たからと言って、普通の人より王道や本道がよく見えるとは思えないからだ。

もっとも、だれもに危ぶまれながら信吾が続けて来られたのだから、雲似郎にできないとも言い切れない。信吾以上に、相談客の悩みに応じられてふしぎはないのだ。

髪結の亭主だった源八《げんぱち》の顔を、信吾は思い浮かべた。十七歳で女髪結のスミに惚れられていっしょになったが、源八が三十歳のときスミが身籠ったのである。五歳年上のスミは三十五だったので、まさかと言うしかなかった。

ぶらぶらと遊んで暮らしていた源八は、一念発起して生まれ来る子のために働くことにした。奉公経験のない三十男を、雇おうという所などある訳がない。しかし源八の思いが真剣だと周囲に伝わり、なんとか仕事に就くことができたのである。

それからすれば、事と次第で雲似郎が相談屋として、多くの人の悩みを解消できないとは言い切れない。

「失礼ですが、どのようなお方なのでしょう。何年掛かってもかまわないとおっしゃるからには、金持ちの後家さんとか。……すみません。立ち入りすぎたようですね。お答えにならなくてもけっこうですよ」

「相談に乗っていただくのだから、問われたことには答えなくてはなりませんね」

「いえ、そのように四角四面に考えていただかなくても」

「小唄の師匠をやっております。声がいい上に愛嬌《あいきょう》もあるので、繁盛していましてね」

「雲似郎さんはお弟子になられたのですか」

師匠と弟子がいつの間にか理《わり》ない仲になることは、ときどき聞かぬでもない。

「知りあったあとで、小唄の師匠をやっているとわかりまして」

となるとあれこれと色模様があったのだろうが、相談屋のあるじとしてはそれ以上深入りすべきではない。

「てまえは生活のために将棋会所をやっていますが、なにもしなくていいのですから羨ましいかぎりです」

「いえ、それなりに苦労もありまして」

年上の女髪結スミに惚れられた源八は、スミの猛烈な焼餅に縛られていたが、それに類したものなのだろうか。

それはともかくとして、どことなく危なっかしく感じられてならない。この仕事の持つ一種独特の厳しさや辛《つら》さというものを、理解できていないのではないだろうか。なぜなら頭の中で思い描けるものではないからだ。となれば話しておくべきだろう。

「正直に申しますが、なにもなさらずにひたすら相談客を待つというのは、たいへんなことだと思いますよ」

言われても雲似郎はピンと来ないようだ。

「てまえは将棋会所をやっていますので、お客さまがお見えにならなくても気が紛れました。始めたころは、十日も半月も相談客のないことがありましたから。雲似郎さんはそれに耐えられますか」

「もちろんです。だって体や頭を使って働き続けるのでなく、なにもしなくて待っておればいいのですからね」

「甘い。甘いどころか甘すぎます。考えてもご覧なさい。相談所に坐って、来るか来ないかわからない客を、なにもしないでただひたすら待たねばならないのです」

雲似郎の顔が微《かす》かに曇ったのは、信吾が言葉ひとつひとつに力を籠めて言ったからにちがいない。想像したのだろうが、実感が湧く訳がないのである。

信吾は続けた。

「てまえの名付親の和尚さんに聞いたのですが、遠い異国の遥か昔の話だそうです。なにもしてはならない、なにもさせないという罰があったそうでしてね。狭い部屋に閉じこめられて、食事と飲み物以外はなにも与えられないのです。部屋を出られるのは厠《かわや》と入浴のときだけで、当然ですがだれにも会わせてもらえません。数日ならなんとか我慢できても、十日、半月、一ヶ月、三月、半年とそのままにしておくと、だれ一人として一年も保たないとのことでした。体か心が、いえ体も心も変になり、壊れてしまうのでしょうね」

「信吾さん、それは極端すぎませんか」

「そうでしょうか」

「それにわたしは、どこかに閉じこめられる訳ではないですからね。出入りは自由だし、遊びにだって出られるんですよ。その場合は信吾さんのように伝言箱を作って、少し出ますので御用の方は何刻以降にお越しくださいとか、日時と場所を書いていただければ伺いますと書いた紙を、貼っておけばすみますからね。物だって自由に持ちこめますし。

好きなだけ本が読めるのだから、極楽みたいなものではないですか」

「だけど、雲似郎さんは相談屋をなさるんでしょう。王道を外れて裏道や横道を歩き続けたのを武器に、多くの人の悩みを解決しようと、手ぐすね引いて待っているのに、だれも来ないのですよ」

「ちょっと、極端すぎませんか」

雲似郎は、先刻言ったばかりのことを繰り返した。

「相談屋を開けばすぐに相談客が来るかもしれませんが、来ないことも考えておかなければならないと思います。てまえは将棋会所の仕事でけっこう忙しいですが、それでも相談客が来ないと気がおかしくなりますからね。人の苦しみをなくしてあげようと思っているのに、自分が苦しまなければならないとなれば、主客転倒じゃありませんか」

かなり強い言い方をしたせいかもしれないが、雲似郎は黙ってしまった。口を開いてなにか言いたそうにしながら、口を閉じることを繰り返していたが、やがて雲似郎は言いにくそうに言った。

「信吾さんは、わたしに相談屋をやらせたくないのですね」

まさか、と思った。それが言い出し辛くて、雲似郎は逡巡《しゅんじゅん》していたのだ。

「そんなことはありませんよ。いかに簡単ではないかを、わかっていただこうと」

「そうは思えません。やはり、強力な商売敵だと警戒しているのだ。よろしい。教えていただけないならかまいません。わたしはどんなことがあっても、相談屋を開きますから」

「雲似郎さんは頑固ですね」

「ええ頑固です」

「並の頑固ではありません。群を抜いた頑固者です」

「わたしは兄以上に、父の血を濃く受けていますから」

「であればやり抜けるでしょう。よろしい、お教えしましょう」

そのような経緯《いきさつ》があって、信吾は自分の体験を惜しみなく話して聞かせた。もっとも例として出す場合は、相談客の秘密には触れないし、人物や屋号を特定できるような話し方はしない。

相談料は取らなかった。飲食代を奢《おご》ってもらっただけである。

「ところで雲似郎さんは、どこに見世を出されるのですか」

「両国からいくらか浜町《はまちょう》に寄った、村松町《むらまつちょう》でしてね」

「おやこ相談屋の黒船町からは、二十町（約二・二キロメートル）あまりしか離れていませんね」

「強力な商売敵ということです」

「いや。張りあう価値のある、競争相手と言うことにしましょう」

「商売敵ではなく競争相手ですか。相談屋は臨機応変に、言葉をうまく使わねばならないのですね」

雲似郎はやはり、金儲けに走った八百造とは対極にあるようだ。

「雲似郎さん」

「なんでしょう、信吾さん」

「実際に相談屋を始めたら、いろいろわからないこと、判断に苦しむこと、頭を抱えるようなことが起きると思います。そのときには、遠慮なく相談に来てください。もちろん相談料はいただきません。同志ですからね」

「やるからには自力ですべてを解決して、信吾さんを頼るようなことはいたしませんよ、と豪語したいところですが、目一杯甘えさせてもらいます。なにしろ信吾さんは、わが師匠ですから」

「雲似郎さんは何歳ですか」

「二十七ですが」

「てまえは二十二ですから、師匠と呼ばずに友と呼んでくださいよ。でなければ同志と」

「いえ、齢《とし》に関係なく師匠は師匠です。だれがなんと言ってもわが師匠、五歳年上の弟子を持つ稀代《きたい》の師匠、信吾大先生なんですから」

「なるほど、筋金入りの頑固者だ」

好敵手になれるかもしれないと、信吾はうれしくてならなかった。

五

「たいへんだ、たいへん。席亭さんいますか。一大事ですよ」

あわただしい足音とともに駆けこんで来たのは、両国から通っている茂十であった。まだ暗いうちから仕事に励み、昼には終えて両国の浅草御門近くで昼食を摂る。瓦版売りが出ていると買って、読みながら黒船町の将棋会所「駒形」までやって来るのであった。

人殺しや強盗などの大事件が取りあげられていると、「たいへんだ」との声とともに姿を見せる。名前の茂十でなく、「たいへんさん」と呼ぶ人がいるくらいだ。

「お静かに願えませんか、茂十さん」と、信吾は年上の常連客を窘《たしな》めた。「みなさん、午後の勝負に入られたばかりですから」

「わかっちゃいるけど、それが静かにしてられないの。ともかくこれを見たら、そんなのんびりしたことを言ってられませんよ」

渡された瓦版の見出しに、思わず唸《うな》ってしまった。こうあったからだ。

悪徳相談屋にご注意
弱みに付けこみ大金を

二行目は、「騙《だま》し取る」とか「せしめる」を略したのだろう。

天眼だ、と信吾は確信した。となると先日、将棋会所から珍しく母屋に移って話したのはこのためだったのか。瓦版のことは言わなかったが、天眼なりの予告だったのだ。

茂十が持ちこんだ瓦版を信吾は座敷に拡《ひろ》げたが、その周りに客たちが集まった。だれもが見出しを見て騒ぎ始めた。席亭の信吾は相談屋のあるじだし、常連はそれを知っているので、茂十ではないがたいへんな騒ぎになった。何人かは騒動を横に、真剣に本文を読んでいる。

「悪徳相談屋にご注意とあったので泡を喰いましたが、中身を読んで席亭さんじゃなかったので安心しました」

「あたしゃ最初からわかっていましたよ。だって席亭さんが、大金を騙し取るなんて考えられないもの。人がいいので、騙し取られることはあるかもしれないけど」

「いくらなんでも、それは言いすぎじゃありませんか」

内容は相談屋のあるじ賢作が、巧みに事を運んで客から大金を騙し取ったということであった。本人は正当な相談料だと主張したが、客から打ち明けられた秘密を商売敵にばらすとほのめかして、八十両をせしめたのである。十両盗めば首が飛ぶのだから、となれば死罪はまちがいない。

資金もなく副業も考えずに安易に相談屋を開いた連中は、当然だろうがことごとく看板をおろした。唯一網の目を潜《くぐ》り抜けて大金を得ていた賢作も、行き着くところに納まったのである。自業自得ということだが、信吾が手取り足取りして教えたので犯行に及んだのかもしれないと思うと、忸怩《じくじ》たるものがあった。

自分のことは棚にあげ、楽して金儲けをしたいとムシのいいことを考えている世間知らずの若僧、と天眼は吐き捨てた。しかし、だれもがそうだと信吾は思いたくない。

できることなら信吾とおなじ思いで相談屋を開いてくれる者が現れれば、いい意味での競争相手として張りあってゆきたいものだ。そういう意味で雲似郎には期待したいが、小唄の師匠に支えられてということでは、まだまだどうなるかわからない。

苦しい思いをしても悩みを解決できて、なんともうれしそうな相談客の笑顔に接すれば、信吾や波乃がそうだったように、この仕事を続けられると思う。だが雲似郎は熱意は強いものがあるものの、まだ踏み出してもいないのだ。

「席亭さんについても書かれていますよ。へえ、知らなかったなあ」

八百造こと賢作の悪行を書く前提として、相談屋がいかなるものかについて天眼は触れていた。江戸で、いやわが邦《くに》で初めて相談屋なる珍妙な商売を始めたのは、浅草は黒船町に住まいする信吾なる二十歳（当年二十二歳）の若者だから驚くしかない。そう前置きしてから、天眼は本文に入っていた。

それはともかくとして、瓦版一枚で会所はたいへんな騒ぎになった。

そのとき大黒柱の鈴が二度鳴ったのは、波乃からの合図である。

「母屋に来客のようなので、みなさま失礼します。それと、ここは将棋会所ですから、どうかお静かに対局をお楽しみください」

沓脱石《くつぬぎいし》の日和下駄《ひよりげた》を突っ掛け、生垣の柴折戸を押して会所から母屋の庭に入る。

八畳の座敷に坐っていた男が信吾に気付いて頭をさげたが、どうやら商家の番頭のようだ。四十代見当だろうか、鬢《びん》には白いものが交じっている。いかなる問題に悩まされているというのか。本人に関してでなければ、主人かその息子の困りごとについての相談かもしれない。

信吾が坐るのにあわせるように、波乃が二人に茶を出してさがる。

「畏れ入ります」と波乃に頭をさげてから、客は信吾に言った。「南馬道町《みなみうまみちちょう》で萬摺物《よろずすりもの》、書物《かきもの》、色摺《いろずり》を商っております、土佐屋《とさや》儀兵衛《ぎへえ》の番頭で半蔵《はんぞう》と申します」

「信吾です。どうかよろしく」

「こちらこそよろしくお願いいたします。此度《こたび》はご同業の方が、とんだことになりましたですね」

やはり瓦版を見てやって来たようだ。これが前置きで早く本題に入ってくれればいいのだが、と思いながら目顔でそれとなくうながす。

「ですがこちらさまは、地道で堅実な商いをなさっているとのことで」

「商いは飽きないだから飽きずにやれと言われたのを、ひとつ憶えで守っているだけですが」

「それが基本だとわかっていても、なかなかできることではありません。その点、墨守と申しますか、きっちりと守ってらっしゃるこちらさまは商人《あきんど》の鑑《かがみ》でございますね」

こりゃ駄目だ、と信吾は気落ちせずにいられなかった。どうやら相談を口実に、瓦版に書かれた信吾がどんな男かを、興味本位に見に来ただけのようだ。

茂十が瓦版を持ちこんでほどなくやって来たのだから、おなじものを読むなり駆け付けたということらしい。根っからの、札付きの、正真正銘の、どこへ出しても恥ずかしくない、実に見事な、絵に描いたような野次馬と言っていいだろう。

土佐屋の番頭半蔵は半刻《はんとき》（約一時間）近くも、相談屋の仕事や信吾についてあれこれと訊いた。案の定、相談事は持ち出さず、満足しきった顔で頭をさげた。

「ご多忙のところ、まことにありがとうございました。これは些少《さしよう》で申し訳ありませんが、謝礼、いえ相談料でございます」

半蔵はちいさな紙の包みを信吾のまえに置くと、もう一度お辞儀をした。信吾は玄関まで見送ったが、もどって包みを開くと一分金《いちぶきん》が入っていた。

一両の四分の一である。一両は四千文相当とされていたが、ここ数年は六千四百文くらいになっていた。相場では一分は千六百文あまりとなる。「駒形」の席料が二十文だからその八十倍、対局料五十文のおよそ三十二倍なので、半刻ほど雑談の相手をしただけで一分は楽な儲けであった。相手が興味本位の野次馬であれば、信吾の心はさほど痛まない。相手も満足しているはずだからである。

しかし半蔵が自分の見世の奉公人や仕事仲間、取引先や町内の人たちなどに、信吾と話したことを自慢たらしく話すのだろうと思うと、気が滅入ってならなかった。だが以前ほどではないとしても、おなじようなことはこのあとも起きそうだ。

将棋会所にもどると、浅草寺弁天山の時の鐘が七ツを告げた。客たちの三分の一ほどはすでに帰ったあとだった。

「あの旦那さま」

柴折戸を押して母屋から会所側の庭に姿を見せたのは、常吉ではなくて宮戸屋の小僧である。

「お話を伺いたいお客さまがおいでですので、六ツ（六時）に宮戸屋にお越し願いたいと女将《おかみ》が申しております。波」と言い掛けて、小僧はあわてて言い直した。「奥さまもごいっしょに、とのことでしたので」

「わかりました。ごくろうさま」

信吾は駄賃の穴あき銭を握らせて、小僧を宮戸屋に帰した。

また始まるのかと軽い諦めに囚《とら》われたのは、宮戸屋の常連客に呼び出されて、瓦版絡みのことをあれこれ訊かれるのがわかっているからである。「信吾には悪いけど、ご常連さんだから断ることができなくてね」と、母はいつも気の毒そうに言ったものだが、それが本心とは言い切れない。飲食代とはべつに、かなりの心付けをもらえるのだから。

宮戸屋を弟の正吾に押し付けて飛び出した信吾としては、断る訳にいかないのである。せめてもの親孝行だと割り切るしかない。

「忙しくなりそうですね」

甚兵衛に言われ信吾は苦笑した。

「仕事ならいいのですが」

「それも仕事と割り切らないと」

さすがに商家のご隠居だけあって、よくわかっているようだ。

小僧に言われた六ツより少し早く、信吾と波乃は宮戸屋に出向いた。客は信吾の武勇《ぶゆう》譚《たん》が瓦版に掲載されたあとで呼んでくれたことのある一家で、祖母に両親と娘二人に息子一人の六人であった。

前回は信吾だけだったが、今回は波乃がいっしょなので、質問はほぼおなじくらいの割で二人に向けられた。以前呼んだときは、上の娘をできれば信吾の嫁にとの思いがあったようである。ときどき姉娘から厳しいというか、意地悪な質問もあったが、波乃はそつなくこなしていた。

帰るとき母が、「実は明日もおなじ時刻に二人をってことなんだけどね」と、顔色を窺《うかが》うように言った。「今日は受けておきながら、明日断ることは、お客さまの手前できないでしょう」と、信吾はいかにも仕方がないという顔で言った。「すまないけど、客商売はお客さま第一だから、どうしようもなくて」と、母はいかにも申し訳なさそうに言った。

「相手は勝手なことばかり言うから、疲れたんじゃないのか」

宮戸屋を出て黒船町の借家に帰りながら、信吾は波乃にそう訊いた。

「いいえ。楽しかったわ。お年寄りに中年、じゃなくて初老かな、それに若い人でしょ。おなじことであっても、齢によって感じることが微妙に、ときにはまるでちがうのね。相談屋の仕事にとても役立ちそう。明日はどんなご家族か、今から楽しみよ」

信吾は思わず妻の顔を見たが、むりしている感じは少しもしなかった。それがせめてもの救いである。

地元《とち》の人が宮戸川《みやとがわ》と呼ぶ大川の右岸を借家に向かうと、吹いて来る晩秋の風はさすがにひんやりとしている。そういえば師走の将棋大会のことも、そろそろ考えねばならない。

できるなら相談事のみに掛かり切りになりたいが、それができないことはよくわかっていた。相談事は日々の生活から生まれるものだから、となれば分別したり割り切ったりはできないのである。

好敵手、よき同志となれそうな雲似郎が登場しただけでも、良しとすべきなのかもしれなかった。

出世払い

一

昼の八ツ半（三時）ごろであった。宮戸屋での用をすませた信吾は、浅草広小路を雷門のまえで南に折れて、日光街道を黒船町の借家へと向かっていた。

左手に駒形堂が見え、その向こうを流れる大川の川面《かわも》が陽光に輝いている。川の上空には七、八羽のミヤコドリが海からの風を受けて、わずかに翼を動かすだけで軽々と空中に浮いていた。見慣れた光景だが、右前方に諏訪社の鳥居が見える辺りで異変は起きた。

蹄《ひづめ》の音に驚いて目をやると、榧寺《かやでら》の別名で知られる正覚寺《しょうがくじ》のまえを、土埃《つちぼこり》を巻きあげながら猛烈な勢いで栗毛《くりげ》の馬が駆けて来る。乾いた路面を蹄が叩《たた》いて、ひどく派手な音を立てていた。狂奔する馬に通行人たちが顔色を変えて一番近い見世に逃げこみ、でなければ商家の軒下に身を避《よ》けた。

馬はあっという間に目前に迫り、おおきく膨らんだ鼻の孔《あな》がはっきりとわかった。放置すれば怪我人《けがにん》が出かねない。信吾は躊躇《ためら》うことなく進み出て、馬の気分を鎮めるよういるじゃないか。

——おーら、おーら。落ち着くのだ。どうした、えらく気負って。みんなが怖がって

に心の裡《うち》でおだやかに声を掛けた。

馬が両耳を立てて驚きに目を瞠《みは》ったのは、人に話し掛けられたのが信じられなかった
からだろう。頰や頸筋《くびすじ》にはくっきりと見えるほど血の管が太く浮かびあがり、全身から
湯気が立っている。

信吾が馬に話し掛けるのと同時に、両手を拡《ひろ》げた三十歳前後と思われる武士が立ちは
だかって、「どうどう」と静止の声を発した。馬は鼻息荒く嘶《いなな》きを繰り返し、両前脚を
あげて空《くう》を搔《か》きながら竿立《さおだ》ちになった。やがて前脚を地面におろしたが、興奮のためや
たらと首を振り、そのたびに鬣《たてがみ》がおおきく左右に揺れ動いた。

よく手入れされているからだろう、肌毛は艶やかで明るい栗色に輝いている。腹から
は汗が滴り落ち、鞍《くら》の下には汗が白く泡立っていた。

「そこな町人」と、武士が信吾に言った。「不用意に暴れ馬のまえに出るではない。命
を落としかねんぞ」

「あまりにも昂《たかぶ》っているので、落ち着かせようと思いまして」

「生兵法は大怪我の基《もと》と申す。心得なき者が不用意に悍馬《かんば》に身を曝《さら》しては、怪我ではす
まず命取りになりかねん」

ブヒヒヒッと鼻を鳴らして、馬は血走った眼で武士を睨《にら》み付けた。

――おまえに言われて立ち止まったのではない。おれはこの若僧に話し掛けられて、びっくりしただけなんだ。人が馬に話し掛ける訳がないからな。

――驚かせて悪かった。わたしは馬だけでなく、大抵の生き物と話せるのだよ。ともかく言うことを聞いてくれてありがたい。礼を言う。だが乗り手を振り落とすとは剣呑《けんのん》だ。よほど我慢のならぬことがあったんだろうな。

その一言で、信吾には馬の目が柔和になるのが感じられた。自分を理解してくれているとわかったからだろう、相手はおおきくうなずいた。

――馬のことがまるでわかってねえのに、やたらと口うるさいからよ。

――片手で手綱を引きながらもう一方の手で鞭《むち》を打つような、チグハグで訳のわからぬことをやられたのだな。

――そうよ。それで振り落としてやったんだ。馬なんぞ下手《したて》に出れば付けあがるだけだと思って、両手を拡げて得意になってるこいつもおなじ穴のムジナってことよ。

人にはまるで馬のことがわかっていないとの、日ごろの鬱憤が一気に爆発したのだろう、馬は静止させた武士までも徹底的にけなした。

――だったらむりもないが、ともかく気を落ち着けないか。このお武家には、わたしとおまえが心の裡で語りあっていることなど思いもできないのだから。

そのとき何人もの足音がした。二十歳前後と思われる若侍は、髷《まげ》が乱れ、袴《はかま》の膝から腰の辺りを泥と土埃で汚しているので、ひと目で馬に振り落とされたのだとわかる。続いて従者に若党、それに鎗《やり》を担いだ中間《ちゅうげん》が、なにごとか喚《わめ》きながら駆けて来た。蒼白《そうはく》なのは若侍だけで、駆けて来た男たちは真っ赤に顔を火照らせて、息を喘《あえ》がせながら肩で息をしていた。

若党があわてて気味に轡《くつわ》から垂れた手綱を、馬の頭の上を廻《まわ》して頸の鬣の辺りへと移し、しっかりと手綱を摑《つか》んだ。

「馬を止めていただき、かたじけない」と、若侍が武士に軽く頭をさげた。「つい気を緩めたばかりに」

「武家に油断はあってはならぬこと」

武士は軽侮を籠《こ》めて憫笑《びんしょう》した。通常なら聞き逃せぬひと言だろうが、見物人が多いこともあって相手はなんとか堪《こら》えたようである。

若侍は右手で手綱を取ると、首と背が接する鬐甲《きこう》部分を左手で摑んだ。右足を鐙《あぶみ》に入れるのを待っていたように、従者が尻を押しあげる。若侍は体をぐらつかせながらなんとか鞍に跨《また》り、左足も鐙に入れて両手で手綱を持った。

そのとき馬が激しく鼻を鳴らして尻《しり》っ跳《ぱ》ねをしたので、若侍は馬の頸にしがみつき、かろうじて振り落とされずにすんだ。

「ちゃんと鍛えておらぬゆえ、馬が舐《な》めておるのだ」

「心して鍛えるようにいたす」

ブヒヒヒと馬が鼻を鳴らしたのは、自分の主人に対する不満の表明だけではなかったようだ。

轡に近い部分の手綱を摑んだ若党が、馬首を巡らせて南の浅草御蔵前《おくらまえ》の方向へと引いて行く。引かれながらも、馬は何度も尻っ跳ねをして若侍を脅かした。それでも馬上の若侍が胸を反らしているのは、ささやきを交わす町人に対する、精一杯の見栄《みえ》もあってのことだろう。従者に若党、そして中間はなにごともなかったような顔で歩を進める。

信吾が会釈すると武士は苦笑し、若侍とは反対の雷門の方へと歩み始めた。どこにいたのか従者らしき三人があとに従う。

「席亭さんはさすがっちゅうか、まんず、てえしたもんだなっちゃ。暴れ馬をまるで仔《こ》馬扱《うま》いだもんね」

帰り掛けた信吾が声に振り返ると、将棋客の夕七であった。各地を渡り歩いて、どういう事情かは知らぬが今戸焼の瓦の窯元に入り婿した男だ。言葉遣いが怪しいのだが、信吾は故意にやっているのではないかと思っている。

「そうじゃありませんよ。お武家さまが鎮めてくれましたからね」

「うんにゃ、馬は席亭さんのひと睨みでおとなしゅうなっただ」

見ただけでそれがわかったとしたら、夕七の目はたしかだと言わねばなるまいが、信吾が気を良くするとの思いで言ったにちがいない。

「それより、夕七さんはどちらへ」

「思い掛けのう暇ができたもんでね。となりゃ、あっしの出掛ける所は一箇所しかありゃあせん」

「将棋会所『駒形』ですね」

「ってこんだな」

二人は肩を並べて将棋会所に向かった。

そして「駒形」に着くなり夕七は手を打ち鳴らして、将棋客たちの対局をすべて中断させてしまったのである。

「さてもみなさま方よ、のんびりと将棋なんぞ指しておる場合ではありゃせんがな」

「夕七さんは訳のわからぬことをおっしゃるので、かないませんな」と迷惑そうな顔をしたのは、楽隠居の三五郎であった。「将棋というものは、もともとのんびりと楽しむものでしょうが」

「いんやー。将棋のことではありまっしぇん。生まれも育ちも浅草のみなさま方とはちごうて、あっしゃ、あちこちを巡り歩きましたんでね。何度も驚くような目に遭《お》うとりますが、さすがに今日ばかりは魂消《たまげ》ましたけん」

なにがあったのかと、だれもが改めて夕七を見た。

「曲垣平九郎《まがきへいくろう》、向井蔵人《むかいくらんど》、筑紫市兵衛《つくしいちべえ》ちゅうと、どなたもご存じでっしゃろな」

「寛永《かんえい》三馬術ですが、どうかしましたか」

甚兵衛が意外そうな顔をすると、夕七はにこやかにうなずいた。

「ありゃあ講釈で、講釈師見て来たような嘘《うそ》を吐《つ》き、の見本みたいなもんだがねえ」と、夕七は間を取って客たちを舐め廻すように見た。「あっしゃ今、それもそこの日光街道で、寛永三馬術にも負けぬすごい術を、この両の目で見たんでやんすよ」

目を怒らせ鼻から火を噴く暴れ馬に、信吾が両手を拡げて敢然と立ちはだかった。すると荒れ狂っていた馬が主人に叱られた飼い犬のように、しおらしくなってしまったのだ、と大袈裟《おおげさ》にぶちまけたのである。

「席亭さんは、よっぽど馬の扱いに慣れちょりますなあ」

講釈師見て来たような嘘を吐きと言ったその舌の根の乾かぬうちに、夕七は平然と法《ほ》螺《ら》を吹いた。信吾は馬に語り掛けたが、両手を拡げて馬を止めたのは武士であった。

夕七には、信吾と馬が話したことなどわかるはずがない。信吾は半ば呆《あき》れ、同時に感心しながら、将棋客たちとともに夕七の話に聞き入ってしまったほどだ。

対局している者は一人もいなかった。八ツ半を四半刻《しはんとき》（約三〇分）ほどすぎていることもあり、すでに勝負を終えた者もいたが、だれ一人として帰る気配はない。

「夕七さんが暴れ馬に立ちはだかったなら、驚かずにいられないでしょうが」と、言ったのは桝屋のご隠居の良作だ。「席亭さんなら、睨み殺しと申しますが、目を見ただけで暴れ馬をおとなしくさせられると思いますけど」

「やめてくださいよ、桝屋さん」

信吾があわて気味に言ったが、桝屋は動じない。

「席亭さんなら、荒馬を乗りこなしたとしても、てまえは驚きません」

「そのくらいやりかねませんからね」と、同意したのは甚兵衛であった。「護身の術を少しばかり齧《かじ》っておりまして、などと殊勝なことをおっしゃっていましたが、九寸五分を振り廻すならず者を、素手で難なく撃退しましたから」

二

「信吾には馬術の心得もあったのか」

野太い声に客たちがそちらを向くと、数少ない武士の客の一人柳橋《やなぎばし》であった。この日は非番らしく、昼すぎに姿を見せて黙々と対局していた。武芸の話題になったので、つい口を出してしまったのだろう。

柳橋は偽名と思われるが、旗本や御家人ではなく、いずれかの藩の江戸詰めの番方らしい。非番の日にときどき指しに来ていたが、「駒形」では上級の中位の実力の持ち主であった。

柳橋が「馬術の心得も」と言ったのには、それなりの理由がある。

初めて会所に来たとき、この男は「席亭の信吾とやらに会いたい」と小僧の常吉に言った。腰を屈《かが》め気味に進み出てその場に膝を突こうとしたとき、柳橋は情け容赦なく信吾の顔に殴り掛かったのだ。客たちは仰天したが、間一髪で鉄拳を躱《かわ》したのを知って、だれもが信じられぬほど驚いた。

かろうじて拳を避けることはできたが、信吾は無様に尻餅を搗《つ》いてしまった。それを見た柳橋は「ダハハハハ」と、とんでもない大声で笑ったのである。

信吾がなんとか避けられたのは、相手の陽焼《ひや》けした顔にくっきりと面擦れが見て取れたからだ。道場で相当に稽古を積んでいるにちがいないと、一目見てそれに気付いたので、信吾はなんとか相手の動きに反応できたのである。

「お戯れを」

「許せ。冗談だ」

「冗談ではすみませんですよ、お武家さま。たまたま躱せましたが、でなければ大怪我どころの騒ぎでは収まりません」

たのだ」

「蔵前が、信吾と申す席亭はなかなかの遣い手と見たと言《ゆ》うたので、つい試したくなっ

それでようやく信吾にも事情がわかったが、少しまえから通い始めた蔵前に教えられてやって来たということだ。蔵前もおそらくは偽名だろうが、腕は上級の上位である。

「蔵前さまがおっしゃったのは、将棋についてでございましょう」

「身の熟《こな》しからして武芸の心得があると言ったのでな、まさかとは思うたのだが、あれを躱すとは思いもせなんだぞ」

最初の日にそんな遣《や》り取《と》りがあったので、夕七の法螺話を聞いていた柳橋は、「馬術の心得もあったのか」と訊《き》いたのだろう。

「小笠原《おがさわら》流、大坪《おおつぼ》流、八条《はちじょう》流などがあるが、いずれの流派であるか」

客に訊かれたら席亭はそのままにできないが、相手が武家となればなおさらである。

「日光街道で暴れ馬に出くわしたのは事実ですが、たしかに馬を鎮めたのはてまえではありません。三十歳前後と思われる立派なお侍さんで、たしかに両手を拡げて馬を止めましたよ。夕七さんはみなさんを楽しませようと、お武家とてまえを入れ替えて」

「いんやー、この夕七、たしかに日頃から、いささか大袈裟に言うことはなきにしもあらずですがな」

「なきにしもあらずとは、なんと控え目なおっしゃりよう。大袈裟を絵に描けば、そのまま夕七さんですからね」

甚兵衛の言い方がおかしくて爆笑が起きたときである、信吾の傍《そば》に来た常吉が言った。

「旦那さま、お客さまでございます」

言われて土間を見た信吾は、思わず声に出していた。

「まさかと思いましたが、園造《えんぞう》さんではないですか」

顔を見るなり信吾がそう言ったので、客のほうが驚いた。

「えッ、憶《おぼ》えていてくれましたか」

「もちろんです。お客さまのお名前を忘れる訳がありませんから」

「だってもう二年、いや二年半近くなりますよ。それほどまえに、しかもたった一度会っただけでしたのに」

「憶えていますとも。たっぷりと一刻《いっとき》半（約三時間）は話しあいましたから」と言ってから、信吾はまじまじと園造を見た。「すっかりご立派になられましたね」

瞬時に名前が出たのが自分でもふしぎなくらい、園造は雰囲気からして変わっていた。信吾を訪ねて来たのでわかったが、道ですれちがったら気付かなかったかもしれない。自信からくるのだろうが、前回とは別人ではないかと思うほど落ち着きが感じられた。

「ところで、今日はどのようなご相談でお見えに」

「相談があってまいったのではありません。約束を果たしに」

約束と言われても覚えがない。二年半近くもまえとなると「よろず相談屋」を開いて間もなくで、客は十日か半月に一人あれば上々というくらい少なかった。

相談客が滅多に来ないこともあって調子のいい、とんでもない約束をしてしまったのだろうかと、信吾は少しだが不安になった。しかし園造は「果たしてもらいに」ではなく、「果たしに」来たと言ったのだ。

「約束、ですか。と言われても覚えがありませんが」

「一番大事なことなのに、信吾さんはお忘れなのですか」

そのときには、信吾は八畳間から出入口近くに移っていた。首を傾《かし》げる信吾に、土間に突っ立ったままの園造は笑い掛けた。

「相談料じゃありませんか。二年半も経《た》ってしまいましたが、約束どおり相談料を払いに来たのですよ」

黙って聞いていた客たちが一斉に噴き出したので、園造が驚いたくらいであった。

「お話し中にすみません」と、甚兵衛が園造に詫《わ》びて弁明した。「席亭さん、じゃなかった、ここのあるじさんなら人がいいので、お金のもらい忘れくらいのことはあるだろうな、と思ったものですから。笑わずにいられませんでした。申し訳ない」

「甚兵衛さん、いくらなんでもひどくないですか」

信吾の抗議に苦笑してから、真顔にもどると園造は言った。

「金に困っていましたから、出世払いにしてもらいたいと頼みましたでしょう。もっとも出世した訳ではありませんけれど、なんとか目処《めど》も付きましたので、ようやく約束を果たせることに」

信吾はその場の全員が、素知らぬ振りを装いながら、好奇心を剝き出《むきだ》しにしているのに気付いた。普段は将棋会所の席亭としての顔しか見ていないが、相談屋のあるじの顔が垣間《かいま》見えるかもしれないのだ。場合によっては相談客との遣り取り、もしかすると攻防の一端すらも、と期待して当然かもしれない。

ところが困ったことに、園造はまるで配慮していなかった。

客は困っていると思われたくないからだろう、相談を持ち掛けたこと自体を知られたくないので、なるべく伏せようとする。園造は悩みが解決したからかもしれないが、あまりにも無頓着なので信吾は驚いた。

将棋客の中には園造を知っている者がいるかもしれないので、信吾はつい言わずにいられなかった。

「そのお話は向こうで伺いましょうか。みなさん、お騒がせしました。どうかそのまま勝負をお続けください」

「気になさることはありませんよ、席亭さん」と、甚兵衛が言った。「対局は終えているか、そろそろ終局の方がほとんどでしょうから」

「ええ。ですがこちらさまは、相談屋のお客さまですからね」

常吉を一瞥《いちべつ》すると、うなずいて大黒柱のほうへと向かった。鈴で母屋の波乃に、来客ありの合図をするためである。

土間におりて下駄《げた》を突っ掛けた信吾は、園造をうながして庭に出た。

母屋へ向かおうとしたので、園造は怪訝《けげん》な顔をした。相談に来た当時は相談屋に将棋会所を併設していたため、波乃と所帯を持って隣家を借りたことを知らないのである。

しかし園造はなにも問いはしなかった。

「将棋会所も盛況じゃないですか。あのときはたしか」

「四、五人ほどでしたかね」

「そこまで少なくはありませんでしたが、二桁に届くか届かぬか。それが今やぎっしりですものね。信吾さんこそたいへんな」

園造がそこで言葉を切ったのは、「出世で」とでも言い掛けて、さすがに出世は不自然だと思ったからかもしれない。

「お蔭《かげ》さまで、将棋会所のお客さまも少しずつ増えておりますが」

「それにしてもその若さで、相談屋と将棋会所を成功させたのはすごいです。噂《うわさ》はかねがね耳にしていましたから、一日も早くお会いしなければと思っていたのですよ。それも仕事の励みになりましてね」

界隈《かいわい》で信吾が噂になっているとは思えないが、もしかすると園造は瓦版を見たのかもしれなかった。

柴折戸《しおりど》を押して母屋側の庭に入ると、波乃が表座敷の八畳間に座蒲団《ざぶとん》を並べ終えたところであった。

「相談屋を始めたばかりのころのお客さまで、園造さんとおっしゃる」

「ようこそいらっしゃいました」

信吾たちは沓脱石《くつぬぎいし》から縁側にあがった。

「家内、と言うより相棒と言ったほうがいいですが、いっしょに相談屋をやっている波乃です」

二人の挨拶が終わるのを待って、波乃が園造に笑い掛けた。

「すぐに、お茶を淹《い》れますね」

「どうかおかまいなく」

波乃のうしろ姿に声を掛けてから、園造は信吾に言った。

「なるほど、それで看板が『よろず』から『めおと』に変わったのですね」

すると園造は頻繁にとまでは言わなくても、将棋会所のまえを通り、看板を見ていたことになる。であれば寄ってくれたらよかったのに、出世払いの手前もあって遠慮していたらしい。

「ところがついこのまえ、三枚目の『おやこ』に」

園造に言われて、看板が三枚目になった経緯《いきさつ》を信吾は簡潔に話した。ただし波乃の懐妊には触れなかった。

三

「そうでしたか。二年半となりますと、なにかとありますものね。ご婚儀の件は知りませんでしたが、遅ればせながら、おめでとうございます」

「ごていねいにありがとうございます」

「それはともかくとしまして、繁盛されてなによりです」

「とてもとても。相変わらず青息吐息でしてね。相談屋だけではやって行けませんので、将棋会所の日銭でなんとか喰《く》いつないでいます。園造さんのほうこそ、順風満帆のようで安心いたしました」

「順風満帆とは申せませんが、信吾さんのお蔭で難破せずにすみまして。なんとか波は乗り越えられたところです」

「お客さまからそのようなお話を伺うと、相談屋冥利に尽きますね。それがあるから、この仕事を続けられるのだと思います」と、そこで信吾は膝を打った。「そう言えば思い出しましたが、相談料でしたらたしかいただいたはずですよ」

「一朱《いっしゅ》でした。手許《てもと》不如意なので、取り敢《とあ》えず今はこれだけしかお渡しできません。どうか出世払いにしていただきたいと、そうお願いしたはずですが」

園造に言われて信吾は少しずつ思い出していた。たしかに一朱もらっていたのである。園造の名前はしっかりと憶えていながら、出世払いのことはすっかり忘れていた。

一朱を受け取った時点でその件は完結していたのだろう。あれから園造が来なかったこともあり、信吾の気持としてはすべて処理済みとなっていたのだ。

さて、互いがぎこちなくならないような状態で、受け取らずにすませる方法はないだろうか。と、いつの間にか思いがそこに移っていた。

「相談にお見えの方には、おおきく分けて二通りありましてね」

それだけでは園造は信吾がなにを言いたいのか、判断できる訳がない。首を傾げる園造に信吾はおだやかに説明した。

「どうしていいかわからぬというまったくお手上げの状態で、しかも周りに相談できる人がいないため、藁《わら》にも縋《すが》る思いでお見えの方と」

信吾が少し間を取ると、園造が首を傾げながら言った。

「だれもが手の施しようがなくなって、思い迷った末に相談屋さんを頼るのではないのですか」

「この仕事を始めたときはわたしもそう思っていましたが、物事はやってみなければわかりません。そうとはかぎらないのです」

信吾はさらに間を取ったが、園造は焦《じ》れることはなかった。心に落ち着きがあったからこそ、困難を乗り切れたのだとわかる。

「ご自分の中で解決法を導き出しながら、どうにも踏ん切りが付かないか、決定できずに迷っている場合が思いのほか多いのです。つまりこういうことですよ。甲か乙かの二者択一しかないのがわかっていても、どちらにすべきか決断できない。あるいはご自分の結論にまちがいないはずだと思いながら、万が一失敗してはと躊躇って、どうしても一歩が踏み出せずにいる、ほとんどの人がそうなのです」

園造はなにも言わずに、ただ信吾の目を見ている。

「おわかりですね。あのときの園造さんがそうでした。考えはほぼ決まっていたでしょうに、踏ん切りが付けられなかった。それで『よろず相談屋』に、てまえを訪ねて来られたはずです。こちらの意見を参考にした上で決めてもいいのではないか、とのお考えだったのではないでしょうか」

なにか言い掛けたが、言葉を呑《の》みこんで園造は先をうながした。

「お話をお聞きして、ちゃんとした判断だし、考えどおりに進めば突破できるのがわかったので、思ったとおりにおやりなさいと申しました。まちがっていませんよと、てまえは肩をひと叩きしただけです。園造さんはご自分で問題を解決されていたのです。となればいただいた一朱以上を受け取る訳に、いかないではありませんか」

「肩をひと叩きされて、清水《きよみず》の舞台から飛び降りるつもりで、いや飛び降りてわたしは危機を乗り切れたのです。それがなければ決断できず、乗り切れぬままだったでしょう。となれば、これはなんとしても受け取っていただかなくては」

園造はそう言って懐から紙包みを取り出し、信吾のまえに押し出した。

受け取る訳にいかないと言った手前もあって、信吾は困ってしまった。二年半も経っているのに、園造は律儀に相談料を払いに来たのである。拒否すれば、園造の今日までの努力に水を注《さ》すことになってしまう。

「失礼します」と声を掛けてから、波乃が姿を見せた。「お茶が入りました」

「畏れ入ります」と、頭をさげてから園造は波乃に言った。「信吾さんはわたしにとって、生涯最大の恩人でしてね」

波乃は微笑《ほほえ》みながら、園造と信吾のまえに湯呑茶碗《ゆのみぢゃわん》を置いた。

「それなのに二年半近くも挨拶にすら伺いませんでした。ひどい男だとお思いでしょう」

波乃は小首を傾げてから、ゆっくりとうなずいた。しかし園造の言ったことを、認めたからではなかった。

「あたしは、ごく当たりまえのことだと思いますけれど」

波乃には驚かそうという気はなかったはずだが、園造にとっては思いもしない返答であったらしい。

「えッ、どういうことですか」

「人より神さまのほうが偉いですもの。そうでしょう」

波乃の話し方に慣れている信吾でさえ、ひどい飛躍に感じられた。ますます思い掛けぬところに話が飛んだ気がしたのだろう、園造がさらに混乱したのがわかる。

だが波乃が言った内容は、ごく単純なことなので、園造は同意した。

「もちろん、神さまのほうが人より偉いのは子供でも知っていますが」

「主人は常々、お客さまは神さまに等しい、お客さまは神さまだと申しております」

そういう運びなのかと信吾は納得した。さまざまな相談客たちに接してきたからだろう、信吾には波乃が独特の話の進め方を身に付けているのがわかった。だが波乃の話し方に慣れていないせいもあって、園造はあれこれ考えすぎ、ややこしく取ってしまったのかもしれない。

「園造さんにとって主人は恩人、主人にとって園造さんは神さまです。人より偉いのだから、二年半近くも挨拶せずにいたことを神さま、つまり園造さんが気に病むことはありません」

「なるほど、そういうことですか」

「園造さんは、少しややこしく考えすぎたようですね」

「信吾さんは風変わりな、普通の物差しで測ることのできぬお人だ。だからわたしの悩みを解決できたのだと、感心していたのです。ところが波乃さんも負けず劣らずで、おおいに驚かされました。似たもの夫婦とはお二人のためにある言葉だと思いましたよ」

「祖母がうまいことを言いましてね。わたしたちは破鍋《われなべ》に綴蓋《とじぶた》だそうです。ということで破鍋と綴蓋として、二人で相談屋をやっております。波乃は女の方と子供さんでわたしは男の方ですが、べつべつに受けることもあればいっしょに相談に乗ることもあるのです。ですので、お客さまのことは互いに話すようにしていましてね。なぜならどちらか一人しかいないときに、事情が変わるとか、重要なことを思い出して、お客さまが来られることがあるからです。話しておかなければ、対応できませんから」

「仕事によっていろいろな工夫、やり方があるのですね」

「となると問題はこれですが」と言って、波乃は膝まえに置かれた紙包みを示した。「園造さんがお礼をしなければと、二年半も経ってわざわざ持って来てくださったのですから、信吾さんとしては受け取らない訳にまいりませんね」

「でしょう。自明の理ですよ」

園造は波乃が賛同したので、鬼の首を取ったような顔になった。

四

波乃が想《おも》いもしないような頓智《とんち》で、でなければいつの間にか相手を言い包《くる》めてしまう説法で、園造が一度出した相談料を引き取らざるを得ないようにしてくれるのではないかと、信吾は密《ひそ》かに期待していた。それだけに、気落ちせざるを得なかった。

しかし波乃は、やはり並の女ではなかったのである。

「ところがですね、ほんの少しですけど、すっきりしない部分がなきにしもあらず、なのですよ」

「奥歯に物が挟まったような言い方は、波乃らしくないなあ」

もしかするとなんとかなるかもしれないと、かすかな望みを抱きながらも、信吾は不満たらしく言った。

「園造さんは主人を、生涯最大の恩人だとおっしゃった」

「それ以外に、ふさわしい言葉が考えられませんから」

「お客さまは神さまに等しいとの主人の信念から申せば、相談客である園造さんが神さまに等しいことはおわかりですね」

どうも妙な方向に動き始めたと思ったようだが、波乃はそれまで言ったことをなぞっただけなので、園造は無言のままでうなずくしかなかったようだ。

「園造さんはお坊さまにお布施を包んだり、お寺さんやお宮さんにお参りしてお賽銭箱《さいせんばこ》に小銭を入れるでしょう」

「ええ」

「なぜですか」

「なぜ」

園造が苦笑したのは、波乃の問いが幼い子供のそれに似ていたからかもしれない。「なぜお陽さまは朝に東から昇って、夕方は西に沈むの」と、大人が思いもしないようなことを子供は訊くことがある。なんとか答えても「なぜ、なぜ、なぜ」と次々と訊かれて、大人は答に窮してしまうのだ。

園造はしばし考えてから言った。

「神さま仏さまに功徳、つまり恵みやご利益を願うためですね。……だと思いますが」

最後は自信なさそうであった。

「そうですよね。あたしたちは神さま仏さまに祈り、願い事をして、お礼にお金を渡します。喩《たと》えとしてはよくないかもしれませんが、神さま仏さまと取引していることとおなじではないでしょうか」

唸《うな》り声《ごえ》を出しそうになって信吾は辛うじて呑みこんだ。それは園造にしてもおなじだったらしく、二人は思わず顔を見あわせた。言われてみればそのとおりで、普段考えることもなく漫然とお参りして賽銭を投げていたが、波乃は枝葉を取り払って幹だけを見せたのである。

「お布施やお賽銭に対して、神さま仏さまはあたしたちになにをしてくれるでしょう」

波乃は園造に訊いたのだが自分が問われたような気がして、信吾は詰まってしまった。懸命に考えたが、言葉がうまく纏《まと》まらない。

「男の方って、大人の男の方はですが、なにごとも難しく、理屈っぽく考えすぎるのではないかしら」

波乃は皮肉ったりからかったりしている訳ではないだろうが、そう言われるとますます答えられないのである。

「安心だとあたしは思います。心の安らぎですね。安心しか得られませんけれど、それでいいと思います。安心を得たいので、だれも神さま仏さまに祈り、願うにちがいありません。ですが神さま仏さまは、願いになにからなにまで応えることはできないですよね」

「波乃の言うとおりだな。千両富の籤《くじ》を買う人はだれだって、どうか自分に千両を当ててくださいと願う。だからって全員の願いに応えていたら、神さまか仏さまかわからないけれど一晩で大赤字、どころか莫大《ばくだい》な借金で首が廻らなくなってしまうもの。だから神さま仏さまは、願われても聞き流すしかないだろうな」

どうも話が妙な方向に流れてゆく、と信吾はいくらか持て余し気味であった。しかし園造はまじめな顔で考えているようだ。

「籤を買う人は、わかっていても願うからいいのでしょうけど、波乃さん」

「はい。園造さん」

「もしかすると、そのお話と出世払いがどこかで繋《つな》がるのでしょうか」

問われて少しだけ考え、波乃は首を傾げた。

「繋がりそうにないですね。むりに繋げることもないと思いますが」

「待てよ、妙なことになりそうだ。うん、なるかもしれん」

「変な考えが浮かびましたか、信吾さん」

「変か変でないかはともかく、波乃はこう言った。わたし信吾は園造さんの恩人だ。つまり人である。園造さんはわたしにとって神にも等しいお客さんだ。となると神とおなじである。人が神や仏にお布施や賽銭を代償に願い事をすると、神さま仏さまは人に安らぎを与える。わたしは園造さんから相談されて助言した。つまり安らぎを与えたのです。それに対して園造さんはわたしに一朱の相談料を払ってくれた。つまり安らぎとその対価の関係ですね。だからその話はそこで終わったのですよ。ケリが付いたのです。ですからわたしは追加の相談料を受け取ることは、できないではありませんか」

パチパチパチパチと手を叩いて大喜びなのは波乃で、一方の園造は納得しかねるという顔をしている。

「待ってください。信吾さん、それに波乃さん。あまりと言えばあまりな、無茶苦茶な牽強付会《こじつけ》ですよ。それにいつの間にか、問題が逆転していませんか。冷静に考えてください」

「逆転ですって。あら、そうかしら」

「波乃さんはこうおっしゃった。信吾さんはわたしにとって掛け替えのない恩人で、わたしは信吾さんにとって神にも等しい客だ。人は神さま仏さまに祈り、願い事をして、お礼にお金を渡す。そうですね」

「はい、そう申しました」

「わたしは悩みを解決してもらいました。信吾さんから安らぎを与えられたのです。安らぎを与えるのが神さまであれば、信吾さんこそ神さまでわたしは人ということではありませんか。ね、完全に逆転しているでしょう」

「あら、本当ですね。逆転しています。なんてややこしい。いつの間に入れ替わったのかしら」

波乃は簡単に認めてしまった。あとでわかったが、これは波乃特有のお惚《とぼ》けであったらしい。

「わたしに安らぎを与えてくれたのですから、信吾さんは神さまです。ですからわたしは神さまにお金を渡すべきです。ところが持ちあわせがなくて、相談料のうち一朱だけお渡ししました。つまり正当な対価をお渡ししている訳ではありません。その差額を今日お持ちしました。ですので、どうしても譲れませんね。ええ、だれがなんと言おうとです」

力んだように言った園造に、波乃が首を傾げた。

「ねえ、なんだかおかしくありませんか」

「おかしいって、わたしの言ったことがでしょうか」

「園造さんだけじゃなくて信吾さんも。いえ、あたしだってそうです」

「三人全員がおかしいと言いたいのかい、波乃は」

「だって、世の中とまるっきりあべこべなのに、それに気付きもしないで、あたしたち全員がまじめな顔で、ひたすら自分の思いを押し通そうとしているんですもの」

「あべこべ、だって」

「そうでしょう。普通は、このことに関してはこれだけいただきたいのですがと言えば、もう片方はとてもそんなには出せません、せいぜいこれだけですねと、双方が自分の考えを言い張るでしょう。ところが信吾さんは、すでにいただいておりますので、とてもそれ以上はいただけません。それに対して園造さんは、悩みを解決してもらったのですから、なんとしてもこれだけは受け取っていただかなくてはと、強引に言い張るのですもの。これを世間の人が見たら、この人たちちょっとどころか、まるっきり変じゃないかと言うだろうと思うと、なんだかたまらなくおかしくって」

言われて信吾と園造は顔を見あわせた。そして顔にじわじわと笑いが拡がり、やがて顔全体、いや体全体が笑いに被《おお》われてしまったのである。

「ね、おわかりでしょう。お二人とも大人気ないことで意地を張ってないで、この辺で手打ちにしませんか」

あっけらかんと言われたので、信吾も園造もまるで瘧《おこり》が落ちでもしたように、瞬時にして心身の力が抜けてしまった。

「これで貸し借りがなくなってすっきりしましたから、改めて一対一のお付きあいをしていただくために、軽く祝杯をあげるとしましょうよ。それにしても、なぜあれほどムキになったのだろう」

信吾がそう言うと、波乃がにこやかに笑い掛けた。

「園造さん。すぐに用意しますから、今日はいっしょに食事をなさってくださいな。少しまえに、時の鐘が七ツ（四時）を告げましたから、ゆっくりしていただけます」

「えッ、七ツの鐘が鳴りましたか」

園造は腰を浮かせた。話に気を取られて耳に入らなかったらしい。

「人に会う約束がありますので、今日はこれで失礼しなければ」

「食事にお誘いすると遠慮なさる方が多いのですが、どうか気を遣わないでください」

信吾はつい最近の相談客、高丸のことを思い出していた。七ツの鐘が鳴ったので、波乃が食事をいっしょにと言うと、約束を理由にあわただしく帰って行ったのだ。

「いえ、本当なんです。なんだか信じていただけないようですね。でしたら明日に変えていただけませんか」

「わかりました。六ツ（六時）にいらしてください。お待ちしていますから」

七ツ前後に将棋会所の客が帰れば、駒と将棋盤を拭き浄《きよ》める。それがすめば日課の鍛錬があった。木刀の素振りと、棒術、鎖双棍《くさりそうこん》の組みあわせ技に励み、常吉の棒術を見、柔術を教えねばならないのだ。

六ツからならゆっくりとできる。

園造は礼を述べると、あわただしく帰って行った。

五

翌朝、信吾は少し早めに将棋会所に顔を出した。

決まって一番乗りをするのは、会所の持ち主である甚兵衛であった。将棋好きな甚兵衛は見世を息子に譲って隠居し、将棋指南所を開く夢を持っていた。ところが事情があったらしくてなかなか思うようにならず、思い立ったときには還暦で体力的に厳しくなっていたのだ。

そこで相談屋だけではやっていけないので将棋指南所を併設しようとしていた信吾に、空いた持ち家をタダで貸してくれることになったのである。体に自信がないと言いながら朝は一番に来ているし、夕刻まで居続けているのが常だった。そればかりか、信吾が相談屋の仕事で出掛けるときは、代わりに対局や指導対局にも応じてくれる。

「おはようございます」

信吾が甚兵衛に挨拶して坐《すわ》ると、すぐに常吉が茶を出した。

肌寒い日もあるので、すでに火鉢は出してあった。しかし炭はまだ埋《い》けていない。客の要望があれば、常吉が灰を被《かぶ》せてある熾《おき》を竈《かまど》から取り出して十能で運ぶのである。

甚兵衛と信吾が茶を飲んでいると、格子戸を開けて桝屋良作が入って来た。桝屋も朝の早い客であった。ほかに客がいないので鼎坐《ていざ》になって、しばらくは茶を飲む。

「それにしても律儀な方でしたね」

口を切ったのは甚兵衛であった。園造のことを言っているのがわかったが、信吾はそれに触れることはしなかった。実は相談屋として客名はみだりに出すべきでないのに、前日はあまりの意外さに、つい口にしてしまったのである。反省した信吾は以後、名前は出していない。

「たしか園造さんとおっしゃいましたが、ご奇特な方でございますな」

そう言ったのは桝屋だったが、やはり憶えていた。なにはともあれ人名や地名を頭に刻みこむのは、商人《あきんど》の習性と言ってもいい。

「二年半もまえの相談料を、払いに見えたのですから」

感心しきったように甚兵衛が言った。信吾もさり気なく話に加わる。

「ときどきあとからお見えの方がいらっしゃらないこともないですが、半年かせいぜい一年ですからね。昨日ばかりは、わたしも驚いてしまいました」

信吾は話をあわせた。相談客の名前は当然として、本来なら他人のまえで話題にすべきではない。園造に関しては本人が口にしたことなので、それ以外に触れなければ特に問題はないということだ。

「席亭さん、じゃなかった」と、甚兵衛は言い直した。「あるじさんは園造さんから相談を持ち掛けられて、見事に解決策を授けたのでしょう」

園造が自身で解決の糸口を見付けながら踏ん切りが付かないようなので、信吾は肩を押しただけであった。だがそれに触れると、なにかと説明しなければならない。

「いや、ご本人の努力が実ったのだと思いますね」

「あるじさんは謙虚ですな。だからこそ信頼されるのでしょうが」

甚兵衛がそう言うと桝屋はうなずいた。

格子戸を開けて常連の一人が入って来たが、三人に遠慮してか離れた席に坐り、懐から詰将棋の問題集を出してめくり始めた。

「律儀なだけでなく、言葉の使い方もちゃんとしてらっしゃる」

桝屋はそう言ってからちらりと見たが、見られた甚兵衛にはすぐにわかったらしい。

「出世払いのことですね。近ごろはまちがったというか、本来とはちがう意味で使われる方が、特に若い人には多くなりました」

信吾は意味がわからない。それが顔に出たのだろう、桝屋が信吾に説明した。

「あの方はあるじさんに、出世払いにしてもらいたいとご自分から頼んだ口振りでしたけれど」

園造の名を出さずに「あの方」と言ったのは、昨日はいなかった常連客に知られないようにとの配慮だろう。さすがは商家の大旦那だった人物だけのことはあると、信吾は感心せずにいられなかった。

「はい。そう言われたので、いいですよと答えました。まさか本当に返しに来るとは、思いもしませんでしたから」

甚兵衛と桝屋が目を見あわせたような気がした。気のせいかと思ったが、やはりそうではなかった。

「あの方とあるじさんは、それほど齢《とし》は離れていないのでしょう」

「二つか三つだけ、あちらさまが上のはずですが」

「あの方は立派な、いい商人になられると思いますよ」

甚兵衛がそう言うと桝屋は何度もうなずいた。

「ええ、ご自分から出世払いを申し出て、二年半も経ってちゃんと返しに来たのですから、出世払いの本来の意味をわきまえておられますものね」

信吾はつい訊いてしまった。

「本来の意味、ですか」

どちらにともなく問うたのだが、答えたのは甚兵衛であった。

「言葉だけでなく諺《ことわざ》だって、時代とともに意味が変わることがありますから」

「と、申されますと」

「例えば席亭さんは、『情けは人のためならず』をどういう意味に使っていますか」

桝屋に訊かれ、信吾はよく考えてから慎重に答えた。

「人に親切にすれば、その人のためになるだけでなく、いつの日かよい報いとなって自分にもどってくる、だから人に情けを掛けるのは自分のためでもある、という意味で使っておりますけれど」

「それが本来の意味です。ところが近ごろでは、人に情けを掛けて助けてあげることはその人のためにならない。甘やかすと人に頼るようになって、結果としてその人を駄目にしてしまう。だからいたずらに情けを掛けるべきではない、との意味で使う人もいるようです。人のためならずと言い切っていますし、言われてみれば理屈はあっているので、そう思ってしまうのでしょうね」

甚兵衛と桝屋良作によると、「出世払い」の本来の意味は、園造が言ったように今は事情があって都合が付かないが、将来かならず返すと言って金を借りることであった。

「上方の近江商人のあいだでおこなわれていた約束事が、次第に知られるようになって、今ではごく普通に使われていますね」

概要を甚兵衛が述べると、それがどういうものであるかを桝屋が説明した。

「相手の人柄や能力を信頼してのことですから、普通の貸借よりずっと条件が緩やかなのです。出世証文を交わしますが、返済期限も長いですし、すぎても催促しません。利率もとても低いとのことです」

「つまり相互の絶対的な信頼の上に成立しているのですが、そのためもあってでしょうね、使われているうちに、次第に意味が変わり始めたのですよ」

立場が上の者、力も財力もある者が、若くて能力がありながらそれを活《い》かせずにいる者に、金銭や物質での援助をするときに用いるようになったとのことである。本当は恵むに等しいのだが、それでは相手が負い目に感じてしまう。だから負担を掛けないために、「あるとき払いの催促なしだから、出世したときに返せばいい」と言って与えるようになった。

「つまり、返済は端《はな》から期待していないのですよ」

桝屋がそう言うと甚兵衛が続けた。

「ですが人を見抜くほどのお人が目を掛けるくらいですから、ほとんどが成功してお礼に訪れるそうでしてね」

「でも受け取りません」

桝屋が断言したので信吾は首を傾げた。

「だって相手は返すことも含めて努力し、成功したのですから」

「こう言うそうです。てまえは若くて貧乏な折に目上の人が目を掛けてお金を融通してくれまして、そのお蔭でなんとか今日の地位を得ることができました。ですから次はあなたが、若くて有能な人を支援する番だと思います。このお金はそのときにお使いくださいさい、とやんわりと受け取りを断るそうです」

ごく当たりまえにそう言えるということは、甚兵衛も桝屋良作も、程度の差はあるかもしれないが、その経験者だということなのだ。若いころに目を掛けてもらい、自分がそれなりの年齢と地位になったときには、若い人におなじことをしたということにほかならない。それも一人や二人ではないだろう。

信吾は「あッ」と声を出しそうになって、思わず呑みこんだ。「出世払い」との言葉こそ出さなかったが、信吾は甚兵衛からおなじ扱いを受けていたのだ。

弟の正吾に両親の営む即席と会席料理の宮戸屋を任せ、相談屋を始めようと思ったときのことであった。黒船町の貸家が空けば将棋会所を開こうと考えていた甚兵衛が好意から、信吾にタダで貸してくれることになったのだ。

父の正右衛門が世話係として付けてくれた小僧の常吉と、信吾はその家で暮らすことになった。朝昼晩の食事と掃除、そして洗濯は通い女中の峰《みね》がやってくれた。

生活は将棋会所の上《あが》りで問題なかったし、相談屋の仕事も少しずつだが入るようになった。となると気になるのがタダの家賃で、一年経った頃、信吾は甚兵衛に目処が立ったので家賃を払うようにしますと言った。では二年目からと甚兵衛は言ったが、信吾がタダで借りているのを知った正右衛門が、その時点で一年分を払っていたのだ。

以後は毎月先払いしている。

甚兵衛は「出世払い」という言葉こそ出さなかったが、おなじ気持ではなかっただろうか。事情を知った正右衛門が払ったため、甚兵衛は信吾にすまぬことをしたと思ったとのことである。

年齢的にきついと言ったものの、毎日のように一番早く姿を見せるのに、帰るのは遅かった。矍鑠《かくしやく》としていると言うには少しむりがあるかもしれないが、将棋会所の席亭なら十分にこなせるはずである。となると甚兵衛は、信吾のなにに期待してくれたのだろう。

そこに到《いた》ってようやく、信吾は納得できたのである。

「なるほど、そういうことだったのですか」

「もともとは将来かならず返すので、自分の能力を信じて金を融通してもらいたいとの意味でした。ところが互いの信頼の上に成り立っていることから、余裕のある人が能力のある者に返済を考えずに貸して、出世払いでいいからと言うように、使われ方や意味が変化したのです」

桝屋の説明を甚兵衛が補足した。

「意味が変わるということは実にふしぎで、今では出世払いで願いますと言いにくくなっているようです。自分が出世して地位も金銭も得たら払うので、有能な自分に先を見越して投資してもらえないか、と言っているに等しいですからね。下の者が上の者に強要してはいけない。なんて不遜なやつだ、と苦々しく受け取られることもあるようです」

「言葉は時代とともに意味が変わることもあるので、一概に良し悪しは言えないでしょう。それにしても言葉は不思議です。命を持っているとしか思えませんね」

信吾は甚兵衛と桝屋に頭をさげた。

「わたしは思いちがいをしていた部分もあったようで、教えていただいてはっきりしました」

いつの間にか常連の主な顔は揃《そろ》っていた。桝屋への対局の打診があったので、話はそこで打ち切りとなった。

六

信吾への対局の申しこみは、何日の何刻と指定してくる客がほとんどであった。だがたまに臨時もある。

通り掛かりに将棋会所があることに気付き、壁の貼り紙に「対局料五十文」とあるので、挑戦してきた場合。あるいは浅草黒船町の将棋会所「駒形」の席亭は、相当の腕だとの噂を耳にやって来た客などがそれに当たる。

内藤新宿《ないとうしんじゅく》や目黒白金《めぐろしろかね》辺りから来たとなると、日を改めてもらうという訳にもいかない。少し待ってもらうか、対局中の相手が常連客なら指し掛けにしてもらってでも、信吾は挑戦を受けるようにしていた。

その日は深川の猿江町《さるえちょう》から来たという、五十歳前後の男が挑んで来た。信吾は最初、将棋会所荒らしかもしれないと思った。なぜなら男がこう言ったからだ。

「対局料五十文とあるが、あれは最低料金ということだろうか」

「どういうことでございましょう」

「相手次第で、話しあいによっていくらにでもできるんじゃないかと思ってね。五両、十両、百両と。まさか千両の勝負をするほど、肝っ玉の据わった者はいないだろうが」

「お客さま同士でなさる場合は、口出しいたしません。てまえが席亭として対局させていただく場合は幼老、つまり年齢ですね。それから男女に関係なく、押し並《な》べて五十文とさせていただいております」

「幼老や男女のべつなくだね」

「はい。下は八歳から上は古稀《こき》をすぎた方まで。なかなか強い女性、と言ってもまだ十代ではありますが、もいらっしゃいます」

男は黙って懐から紙入れを出すと、波銭十二枚とべつに二文、あわせて五十文を盤上に置いた。

「取り敢えず席料二十文だけいただきますので、差額はお納めください」

そう言って信吾は壁の貼り紙を示した。対局料の横に二行、「席亭がお相手します負けたらいただきません」と付記してある。勝てば払わなくていいのだ。

男はにやりと笑うと二十文を残し、残りを紙入れにもどした。

五ツ半（九時）まえから始まった勝負は昼まで掛かったが、男の執拗《しつよう》な攻めを信吾はなんとか凌《しの》ぎ切ることができた。

浅草寺弁天山の時の鐘が、九ッ（十二時）を告げたので男が言った。

「並べ直したいところだが、昼じゃしょうがないな」

男は紙入れから対局料五十文を出して、盤上に置いた。

「このまま引きさがる訳にもゆくまい。体の調子を整えて、改めて相手させてもらうよ」

「お待ちしております」

格子戸を開けて外に出た男が、閉めるのを待って桝屋が言った。

「さすが凌ぎの信吾さんですね。もう駄目かと、何度も冷汗を搔きましたよ」

勝負に疲れた信吾を気遣ってだろう、そう言い残すと桝屋は甚兵衛を誘って蕎麦屋《そばや》へ出掛けた。


先に常吉を母屋へ食べにやらせ、交替して信吾は波乃と昼食を摂《と》った。

「出世払いには二つの意味があるんだね」

「とおっしゃると」

「地位も金もある人が有能だけど金に不自由している人に、出世したとき払ってくれればいいからと言って援助の口実にするのが一つ」

「今はその意味で使っている人のほうが、多くなったみたいですね」

「えッ、すると波乃は本来の意味を知っているの」

「自分には地位もお金もないけれど、なんとか融通していただけないだろうか。出世したらかならず返しますから、というのがもとの意味でしょう」

信吾が驚いたのは、波乃が「出世払い」の本来の意味を知っていたことだ。

「園造さんはもともとの意味で使っていたけど、最近は遣われ方がちがって来たので、注意しなければいけないみたいなんだ」

信吾は甚兵衛に聞いた、今では出世払いで願いますと言いにくくなっている事情を話した。有能な自分に投資してもらいたいと強要しているようで、なんて不遜なやつだと苦々しく受け取られることがあるからだ。

「だから園造さんに、そのことを教えてあげるかどうかなんだけどね」

今夕六ツに園造が来ることになっている。

「でも、あまり意気込まないほうがいいと思いますよ。そういうことは、話の流れの中で自然に出てきたときはいいですけど、身構えていると、どうしてもぎこちなくなってしまいますから」

「わかっているさ。園造さんとはこれからずっと付きあいたいから、これっきりにしたくないもの」

「二年半も経って相談料を払いに来たのには驚かされましたけど、あたし万作《まんさく》さんのことを思い出さずにいられませんでした」

万作は開いたばかりの「よろず相談屋」に併設した将棋会所「駒形」の客であったが、一年二ヶ月振りに金を返しに来たのである。波乃といっしょになって間もなくのことであった。

信吾が二人の紹介を終えると、万作はこう言って波乃を驚かせた。

「奥さん、実はてまえは泥坊なんです」

初対面の相手にそう打ち明けられて、驚かない者はいないだろう。がそれだけでは終わらなかった。

万作は二つの包みを出したが、一つには五百八十八文、もう一つには一朱金が入れられていた。前者は信吾が貸した金で、後者がその利子だと言う。波乃が呆れ返ったのは、相場では一朱が四百文なので、五百八十八文に一年ほどで四百文の利子など考えられないからだ。

訝《いぶか》る波乃に、なぜそうなったかを万作は説明した。

浅草の黒船町に新しい将棋会所「駒形」ができたので通い始めた万作は、何度か通ううちに次第に事情がわかった。席亭はまだ若い優男《やさおとこ》で奉公人は小僧一人、席料と指南料が二十文、対局料が五十文。客からの入金は数日に一度、東仲町の宮戸屋に持って行って預かってもらっている。

そこで万作は信吾が宮戸屋に持って行く前夜、懐に短刀を忍ばせて盗みに入った。ところが眠っていると思った信吾に、取り押さえられてしまったのである。

護身術をやっている信吾に盗んだ金と短刀を取りあげられ、しかも「万作さん」と名を呼ばれた。万事休すだ。

そこで泣き落としに掛かった。

自分は左官職人だが右腕の手首を挫《くじ》いて鏝《こて》が使えなくなって解雇《くび》になり、間の悪いことに女房が患ってしまった。薬礼のために蓄えが底をつき、子供がひもじいと泣くので困り果てた。そこで魔が差して日銭の入る「駒形」に盗みに入ったのだと泣き付いた。

なんと信吾は信じたのである。会所にあった売上は千文を超えていたので、信吾はいろいろな支払いのために五百文を残して、五百八十八文を万作に与えた。しかもこう言った。

「生まれつきの悪人なんていないと、わたしは思っています。大抵の人は追い詰められて、しょうがなく悪事に手を染めるのですよ」

自身番屋に突き出されても仕方ないのに、万作は放免された。万作はしみじみ考えたのであった。ここで立ち直らなければ、一生駄目なままで終わってしまう。そこで一念発起、ひたすら働いて返しに来たのだという。

「あたし、万作さんには驚かされましたけど、園造さんにもおなじくらい」

「だから、生まれついての悪人なんていないと思う。ちゃんと認めて信じてあげさえすれば、その気持は伝わると思うんだ。いや、思うしかないじゃないか」

「今、気が付いたのですけど、悩み事の相談に見えた方って、まじめで繊細な人が多いですね」

　波乃にそう言われたのと同時に、次々にいくつもの顔が浮かびあがった。そしてそのだれもが絵に描いたように、波乃の言うとおりなのである。

　なぜだろう、と思わずにいられない。

「悩み事に直面して真剣に立ち向かい、あらゆる努力を試みたからかもしれない。そのことで、いろいろなことに気付いたのだと思う。その最大のものは自分ではないだろうか。自分を真剣に見詰めたから、人の悩みや苦しみを理解できるのだという気がする」

「そこが人としての魅力、深みになるのかもしれませんね。相談を受けて悩みを解決した人のほとんどと、程度のちがいはあってもお付きあいが続いていますもの」

「そのこと自体が、相談屋にとっては出世払いなのだろうな」

　言葉だけでなく諺も時代とともに意味が変わることがある、と甚兵衛は言ったではないか。出世払いにもいろいろな意味があっていいのである、そのことが生活を豊かにしてくれるのであるならば。

解説

柳家権之助

えー、私は落語家の柳家権之助と申します。

師匠は柳家権太楼《ごんたろう》、二〇一九年に真打《しんうち》になったばかりでして、まだまだ電子マネー！もといぺいぺいの真打でございます。

今回色々なご縁があり、野口卓先生が落語がお好きということもありまして、不肖ながら解説を書かせていただくことになった次第であります。

解説というのはおこがましく気が引けますが、一読者としての感想などをパーパー書かせていただきたいと思います。

世の中の小説には「落語を小説にしたもの」と「落語っぽく書かれた小説」があります。

「落語を小説にしたもの」は会話の中に描写がたくさん入ってくるので当然落語から離れて小説らしさが強くなり、「落語っぽく書かれた小説」は会話のテンポで繋《つな》いでいくので小説より落語に近くなります。

そうするとああやっぱり落語の方が良いな、やっぱり小説の方が良いなということになってしまいがちですが、野口先生のシリーズはそのどっち寄りでもなく、ちょうど良い塩梅《あんばい》。小説好き、落語好き、ちょんまげもの好きまでが楽しめます。

老舗料理屋「宮戸屋」の長男であるにもかかわらず店を継がずに黒船町で相談屋と将棋会所を営んでいる主人公の信吾。

そこに相談に来る人、将棋会所に来る人とわちゃわちゃとテンポよく物語が広がっていく、これが面白い。

横丁のご隠居さんのところに八《はっ》つぁん、熊《くま》さんが訪ねてきて話が始まる落語を彷彿《ほうふつ》とさせます。

実は私、猫好きなんです。どのくらい好きかっていうと、X（旧Twitter）に毎日「本日の猫さん」という投稿をするのが日課なくらいです。ですので、一話目の「猫は招く」から俄然《がぜん》引き込まれました。

子供たちの素朴な招き猫の疑問から始まってハツの夢の猫の話、そして終《しま》いには猫に招かれて猫の集会を覗《のぞ》くという、藤子《ふじこ》・F《エフ》・不二雄《ふじお》先生で言うところのSF（少し不思議）的な展開。

浅草寺での猫の集会の描写もリアリティがあり、本当に猫たちは集会をしているのかもしれない、私もちょっと覗いてみたい、そんな気持ちになりました。ＳＦ要素が入ることによって単なるちょんまげものにとどまらず話の広がり、面白さが増していると思います。

信吾と波乃が約束通り必要以上に踏み込まず、そっと帰るところもまた良いですね。

「山に帰る」は、竹輪の友三人が信吾のところに慌てて訪ねてくるところが、いかにも落語的な始まり。友達がワイワイ、ガヤガヤと相談屋の看板が変わったことに目ざとく気づいてやってくる、この辺りがさすが江戸っ子（この場合は浅草っ子かな）っぽいですね。

そこから場面は変わって高丸という男からの相談話。信吾と高丸が会う呑《の》み屋の場面も、呑み屋の小僧さんとのやりとりが面白い。私も居酒屋という落語が好きでよく演《や》りますが、それを彷彿とさせニヤニヤしました。

また、ジンゾクのボッカケ、鮎《あゆ》ろうすい、はすいもの茎の酢の物、ならえ、阿波のいとこ煮……聞き慣れない言葉だらけですが、なんとも美味《おい》しそうな料理の数々。思わずお腹《なか》がすいてきます。

そして、信吾の高丸への助言の言葉が良いですね。前例のない相談屋を始めた信吾だからこそのシンプルで重い言葉が心に刺さりました。最後の高丸の前向きな決心は晴れ晴れとした顔が思い浮かび、とても清々《すがすが》しい読了感。一歩を踏み出す勇気をもらえる話です。

「サトの話」は、サトという女性の律儀さ、不器用さや自分を貫く芯の強さがなんとも印象的でした。

会えば挨拶する間柄。お互いの気持ちを探って分かった上であえて踏み込まないやりとり。この辺りが江戸っ子っぽくて良いですね。

そして、老いることの切なさや悲哀。眼鏡や老眼鏡があまり普及してなかった江戸時代は実はこういう人が多くいたのかもしれないと思いました。最後の信吾とご近所のキクさんの、サトの年齢についてのやりとりは粋ですね。いい供養になるでしょう。

落語も笑える落《お》とし噺《ばなし》だけではなく、人情噺や怪談噺もあります。面白おかしい話だけでなく、間にこういった人情噺のように読後にしみじみ来る話も良いですね。

「同志たれ」は、信吾の相談屋が評判がいいのを聞きつけて自分も相談屋を開きたいと来た人に相談料も取らずにやり方を教える。さらには自分の手に負えない相談はそちらに紹介しますという、信吾の男気と言いますか、懐の広さが心地良い。

よくよく考えてみれば、実は私たち落語家も同じなんです。勝手に弟子入り志願で押しかけて、月謝も払わずに落語家のいろはを教わって、さらに前座の頃は毎日の食事まで食べさせてもらう。真打になった今でも師匠にご馳走《ちそう》になります。人を育てるとその業界も育って繁栄していく、なんだか師匠の有り難さを改めて感じるお話でした。「同志たれ」というタイトルも読後にじわりと染みてきます。


そして、最後の「出世払い」。

暴れ馬の一件から始まって園造の訪問。「出世払い」をめぐっての信吾、波乃、園造の言葉のやりとり、掛け合いが楽しい。

受けた恩を忘れずに二年半後に果たしに来た園造の真っ正直さ、そして頑《かたく》なに受け取らない信吾の実直さのぶつかり合い。

途中で中身があべこべに逆転していく言葉遊びのような展開は落語の壺算《つぼざん》を思わせます。

窮する信吾に代わってひょうひょうと話す波乃も良いですね。これまで信吾の陰に隠れていた波乃の人柄、魅力が際立っています。

相談を受けた人との付き合い自体が相談屋にとっての出世払いだと思える信吾。そんな信吾にとって相談屋はまさに天職なのですね。

と、ここまで落語家目線で勝手にパーパーと書かせていただきましたが、これはあくまで私の感想です。読者の皆様には自由に感じていただけたらと思います。

読み終わってはたと気づいたんですが、野口先生のお話は全話、落語で言うところのマクラ（本編に入る前の導入部分のお話）が入ってるんですね。これがあることで物語にグッと引き込まれますし、話のテンポが良くなる。話し言葉だけでなく書き言葉でも同じなんだと大変勉強になりました。

最後に、この本は浅草が舞台になっていて今でも残っている町名、場所がたくさん出てきます。最近では聖地巡礼とか言うみたいですが、この本を片手に浅草をぶらぶら散歩してみるのも良いと思います。

そこで、前座時代から通う私のおすすめの浅草を独断と偏見で挙げてみたいと思います。

まず、江戸の頃からある食べ物では、尾張屋《おわりや》のお蕎麦《そば》と天ぷら、小柳《こやなぎ》の鰻《うなぎ》、飯田屋《いいだや》のどぜう、木村屋《きむらや》の人形焼。尾張屋や木村屋は江戸時代創業だそうですよ。

続きまして江戸の頃にはなかった食べ物では、餃子《ギョーザ》の王《おう》さまの餃子、おすぎのもんじや、グリルグランドのデミグラスソースのオムライスなんてのも良いです。あれあれ、なんだか食べ物ばっかりですね。

まだまだありますよ、浅草寺裏のあんですMATOBAのあんぱん、徳太樓《とくたろう》のきんつば、甘いものに飽きたら、大多福《おたふく》のおでん、ほていや中塚商店《なかつかしようてん》の海苔煎餅《のりせんべい》なんてどうでしょう。えっ、もうお腹いっぱいですか？　いやいや甘いものは別腹、〆《しめ》はギャラリーエフのクリームソーダで。

もちろん食べ物だけでなく落語の船徳《ふなとく》にも出てくる浅草寺の四万六千日《しまんろくせんにち》、浅草神社の三社祭《さんじやまつり》、弁天堂《べんてんどう》横の鐘楼でボォ〜〜〜ンと時の鐘、信吾の家の近くの黒船神社、さらに浅草演芸ホールに寄って落語もぜひ聴いてください。野口先生の読者の方に落語にも興味を持っていただけたらとても嬉《うれ》しいです。

と、話がそれてしまいましたが、これから子供が生まれて賑《にぎ》やかになるだろう信吾、波乃のおやこ相談屋がどうなっていくのか、楽しみですね。あー早く続きが読みたい。

（やなぎや・ごんのすけ　落語家）

本書は、集英社文庫のために書き下ろされた作品です。

本文デザイン／亀谷哲也［PRESTO］

イラストレーション／中川 学

集英社文庫
野口卓の本

なんてやつだ
よろず相談屋繁盛記

動物と話せる不思議な能力をもつ青年・信吾。家業を弟に譲って独立し、相談屋を開業するが……。痛快爽快、青春時代小説、全てはここから始まった！

集英社文庫

出世払《しゅっせばら》い　おやこ相談屋雑記帳《そうだんやざっきちょう》

2023年 9 月25日　第 1 刷　定価はカバーに表示してあります。

著　者　野口《のぐち》　卓《たく》

発行者　樋口尚也

発行所　株式会社 集英社
東京都千代田区一ツ橋2-5-10　〒101-8050
電話　【編集部】03-3230-6095
【読者係】03-3230-6080
【販売部】03-3230-6393(書店専用)

印　刷　図書印刷株式会社

製　本　図書印刷株式会社

フォーマットデザイン　アリヤマデザインストア　マークデザイン　居山浩二

ISBN978-4-08-744566-4 C0193